Science-Fiction Novels by Verne

凡尔纳科幻作品一本读

[法] 儒勒·凡尔纳 著　波点童趣 编译

目录

八十天环游地球

海底两万里

神秘岛

八十天环游地球

没有这些，难道就不去环游地球了吗

一、新仆人“万事通”

1872年，在伦敦萨维尔街七号，住着一位先生，名叫费雷亚斯·福格。福格先生是伦敦革新俱乐部里最神秘的一位成员，没人知道他从事什么职业。他很富有，在伦敦银行里存着很多钱。

福格先生单身，话不多，和多数英国绅士一样很有风度。他乐善好施，经常帮助那些遇到困难的穷苦人。

福格先生的生活极其规律。每天二十四小时，他有十小时在家里，其他的时间都会在革新俱乐部里度过，午夜时分准时回家睡觉。家里有一位仆人负责他的早餐，福格先生在俱乐部里吃午餐和晚餐。

10月2日这一天，福格先生辞退了这个仆人，因为他端给福格先生刮胡子的水，温度比福格先生要求的低了一摄氏度。就这样，福格先生今天需要等待他新的仆人到来之后，才能去革新俱乐部。

十一点多，有人敲响了小客厅的门。一个三十多岁的年轻人走了进来，向福格先生敬了个礼。

“您是法国人，名叫万事通？”福格先生问道。

“是的，先生，”新来的回答，“请允许我介绍下自己，‘万事通’是我的绰号。我是一个正直又守时的人，希望我的服务能让您满意。”

“万事通听上去很符合我的要求，”福格先生回答，“您看看几点了？”

“十一点二十二分。”万事通一边回答，一边从他的怀表口袋里掏出一只大大的银色怀表。

“您的表慢了四分钟，不过没关系。那么，从现在开始，你就是我的仆人了。”说完，福格先生站了起来，戴上帽子出门了。

这时，只有万事通一个人待在萨维尔街的房子里。万事通是一个巴黎人，在英格兰住了五年，在伦敦给人当贴身仆人，他总希望找一个靠得住的主人。万事通刚才仔细地观察了一下他的新主人。这个男人大约四十岁，高贵而英俊，身材高大。金色的头发和胡须，额头平整，没有皱纹，还有一口漂亮的牙齿。

福格先生出门之后，万事通开始熟悉这个房子的角角落落。这座房子干净整洁，方便清理，很合他的意。

万事通还注意到，在闹钟上面贴有一张告示，那是他每天服侍福格先生的时间安排。早晨八点是福格先生起床的常规时间；八点二十三分上茶和烤面包；九点三十七分上刮胡子的水；十一点半，福格先生离开家去革新俱乐部；午夜时分再回到家里睡觉。一切都固定成规律。万事通心里乐开了花，脑子里早早背下了这些安排。

“正合我意！这就是我要找的差事！我们一定会相处得很好，我和福格先生——一个爱宅在家里、生活规律的人！”

二、一切从一桩银行失窃案开始

福格先生来到了革新俱乐部。在俱乐部用完午餐后，福格先生坐在靠窗的位置上看《泰晤士报》，接下来看英国《标准报》，一直看到吃晚饭。

傍晚五点四十分，福格先生吃完晚饭了。在等待朋友们到来的时间里，福格先生又开始看《每日晨报》。

福格先生在各家报纸上看到了同一个新闻事件：三天前，9月29日，一个窃贼从英格兰银行偷走了五万五千英镑。正如《每日晨报》所说，作案的是一位衣冠楚楚、举止得体的绅士。窃贼的特征已经被传达给了英国及欧洲大陆所有的警探。

半小时后，福格先生平日的牌友——工程师斯图亚特、银行家萨利文和法伦丁、啤酒批发商弗拉纳根、英国银行董事会董事拉尔夫，都陆续来到，他们像福格先生一样都是牌迷。

他们开始讨论起银行失窃案。

“说起来，拉尔夫，”弗拉纳根问道，“这盗窃案怎么样了？”

“唉，”斯图亚特接过话茬，“银行只能自认倒霉了。”

“相反，”拉尔夫说，“我相信我们会抓到这个贼。警探都是非常机灵的人，他们已经被派往美洲和欧洲各国重要的进出港口。这家伙别想逃了。”

“警方掌握这个窃贼的体貌特征了吗？”斯图亚特问。

“首先，这不是一个贼。”拉尔夫严肃地回答。

“什么，这不是一个贼？这家伙偷了五万五千英镑，也就是一百三十七万五千法郎的现金，还不是一个贼？”

“《每日晨报》称嫌疑人是一位绅士。”

说这话的正是福格先生，福格先生把报纸放到了桌面上。

这件事在伦敦乃至全英国尽人皆知。

“怎么可能呢？”拉尔夫回答，“他不可能藏身在任何一个国家。”

“才怪！”斯图亚特说。

“您认为他会跑去什么地方呢？”拉尔夫问。

“我哪会知道呢，”斯图亚特回答，“地球那么大。”

“地球以前的确很大。”福格先生低声说。

牌局开始，讨论中断了。但斯图亚特不久又说：“什么叫以前的确很大！难道地球一不小心变小了吗？”

“毫无疑问，”拉尔夫回答，“我赞同福格先生的说法。地球变小了，现在绕地球一圈比一百年前快十倍。这也是为什么我们办这件案子时，调查会进展得更快。”

“必须承认，拉尔夫先生，”斯图亚特继续说，“我知道您刚才说地球缩小了，那是在开玩笑！因为如今我们绕地球一圈需要三个月。”

“只要八十天。”福格先生说。

“确实如此，先生们，”萨利文添上一句，“你们看《每日晨报》列出的计算结果。”

从伦敦到苏伊士，坐火车和游船七天

从苏伊士到孟买，坐游船十三天

从孟买到加尔各答，坐火车三天

从加尔各答到中国香港，坐游船十三天

从香港到日本横滨，坐游船六天

从横滨到旧金山，坐游船二十二天

从旧金山到纽约，坐火车七天

从纽约回伦敦，坐游船和火车九天

总共八十天

“是的，八十天！”斯图亚特大声说，“不过，没有把坏天气、逆风、海难、火车出轨等计算在内。”

“一切都包括在内。”福格先生肯定地说道。

“理论上您是对的，福格先生，但是实际操作起来……”斯图亚特嚷道，“我赌四千英镑，这样一个旅行，在这种条件下，是不可能的。”

“相反，非常可能。”福格先生回答。

“那么，您就旅行一次吧！”

“八十天环游地球？”

“是的。”

“我很乐意。”

“什么时候？”

“马上。”

“那么，好的，福格先生，我赌四千英镑！”

“那就一言为定！”福格先生说，“我有两万英镑在银行里存着。我很愿意冒险尝试一次。”

俱乐部的其他人也不信福格先生能完成这次旅行。

“但是，福格先生，我们计算出来的八十天，只是最低限度啊！”

“最低限度好好利用也足够了。”福格先生回答，“我要在八十天内环游地球，我用两万英镑来打这个赌。你们接受吗？”

“我们接受。”斯图亚特、萨利文、法伦丁、弗拉纳根和拉尔夫先生都回答。

“好，”福格先生说，“多佛尔的火车今晚八点四十五分开。我坐这一班车走。”

“今晚吗？”斯图亚特问。

“就是今晚。”福格先生回答，“所以，今天是10月2日星期三，我应该在12月21日星期六晚上八点四十五分回到伦敦，来到革新俱乐部的这个大厅。否则，存放在银行我账户上的那两万英镑，就属于你们了。”

就这样，他们当场拟定了一份打赌协议，六个当事人都签了字。

晚上七点二十五分，福格先生向朋友们告辞，离开了革新俱乐部。

三、不可能的旅行

晚上七点五十分，福格先生回到家，来到万事通的房间："万事通，我们十分钟后去多佛尔和加莱。"

"先生要出门？"万事通问。

"是的，"福格先生回答，"咱们要环游地球。"

万事通瞪大了眼睛，眼皮和眉毛耸起："环游地球！"他不敢相信。

"没错，在八十天内环游地球！"福格先生回答，"所以，我们一刻也不能耽误。"

"但是我们的行李呢？"万事通嘀咕着。

"不用带行李。只要带日用品袋子，其他的可以在路上买。你拿上我的雨衣和旅行毛毯。你要穿一双结实的鞋子。"福格先生说。

万事通本想回答，却说不上话，他回到了自己的房间，坐在一张椅子上。

"哎，好呀，这回可搞大了！"他自言自语，"我这个本想好好安生的人。"

然后他起身收拾自己的东西，心想：八十天环游地球！莫非自己是找了个疯子做主人？一向严谨的福格先生是怎么了？但万事通马上又想到首先会经过自己的祖国法国，于是显得很兴奋。

晚上八点钟，福格先生和万事通都准备好了。福格先生拿着一本《布雷萧大陆火车轮船运行总指南》，这本册子能够提供他这次旅途所需的一切指南。

“没有忘了什么东西吧？”福格先生问。

“没有，先生。”

“我的雨衣和旅行毛毯呢？”

“在里面。”

“好，拿好这个袋子。”

福格先生把旅行袋交给万事通。

“千万小心，”他又嘱咐了一句，“里面有两万英镑呢。”

万事通小心翼翼地提着这个旅行袋，锁上大门，跟随福格先生一起向马车站走去。

福格先生和万事通跳上一辆马车，向查令十字火车站飞速驶去。

晚上八点二十分，马车停在火车站前，他俩下了车。

这时，一个戴着一顶破帽子的女人走近福格先生，向他讨钱。

福格先生从衣服口袋里掏出刚刚在俱乐部赢来的钱，递给她。“拿着吧，”他说，“很高兴遇见你！”

万事通看到福格先生的善举，心里很感动。

福格先生和万事通走进了车站大厅。他让万事通买了两张去巴黎的头等车厢票。转过身时，他看见革新俱乐部的五位好友，他们是来和福格先生道别的。

“先生们，我出发了，”他说，“我的护照上将来会有不同国家的签证，你们可以检查我的行程路线。”

“哦！福格先生，”拉尔夫彬彬有礼地回答，“用不着。我们相信您作为绅士的信誉。”

“您没忘记该在什么时候回来吧？”斯图亚特提醒说。

“八十天之后，”福格先生说，“就是1872年12月21日，星期六晚上八点四十五分。再见，先生们。”

晚上八点四十分，福格先生和万事通登上了火车。晚上八点四十五分，汽笛声响起，火车开动了。

福格先生离开了伦敦，在他离开之后，打赌的消息首先在俱乐部里传开了，然后通过一些英国报社的记者，从报纸上传遍了伦敦乃至整个英国。广大的伦敦市民也参与进来了，市面上出现了一种叫“福格先生”的股票，供市民进行交易。大多数人都认为福格先生不可能完成这次旅行。

四、敬业又糊涂的菲克斯警探

10月9日，人们聚集在苏伊士码头，等着“蒙古号”邮轮靠岸，它将在上午十一点到达。

有两个人在码头上散步，一个是英国驻苏伊士的领事，一个是菲克斯警探。菲克斯正是英国银行失窃案后被派到各个港口进行调查的警探之一。

码头越来越热闹。各个国家的水手、商人、经济人、搬运工和农民蜂拥而至。邮轮很快就要靠岸了。

菲克斯一面在人群中穿梭，一面出于职业习惯扫视着行人。他有预感，窃贼就在这艘船上。

不一会儿，邮轮进入运河。当它靠岸时，十一点的钟声敲响了，邮轮的烟囱轰鸣着喷出烟雾。

船上的旅客熙熙攘攘。有些人逗留在甲板上眺望这座城市的秀美风景，大部分人都下船上岸了。

菲克斯仔细审视所有上岸的旅客。这时，有个人拿着一本护照走近菲克斯，彬彬有礼地询问他英国领事馆怎么走，显然他是想要在上面加盖一个英国签证。这个人正是万事通。

菲克斯接过护照，看了看护照上的照片。菲克斯非常兴奋，护照上的照片跟他从伦敦警察局局长那儿收到的一模一样。

“这本护照不是您的吧？”菲克斯问道。

“不是，”这个人回答，“是我主人的。”

“您的主人？他在哪里？”

“他在船上。”

“但是，”警探说，“他必须亲自到领事馆去证明身份。”

“什么？必须这样吗？”

“必须这样。”

“领事馆在哪儿呢？”

“那边，广场拐角上。”警探指着两百步开外的一所房子回答。

万事通返回邮轮找福格先生。

菲克斯显得兴奋极了，在万事通回到邮轮的时候，他迅速朝领事馆走去。

“领事先生，”他开门见山地说，“我刚才已经看到那个家伙的护照了。”

“领事先生，”警探接着说，“假如这真的是我们料想中的那个人，他会来这里的！”

“办签证？”领事先生问道。

“是的，但我希望您不要签署。”菲克斯恳求。

“为什么不要签署？如果这本护照符合规定，”领事回答，“我没有权力拒签。”

“但是，领事先生，必须把这个人拖住，直到我收到从伦敦寄来的逮捕令啊。”

“啊！菲克斯先生，这是您的事，”领事回答，“至于我，我不能……”

领事的话还没有说完，就有人敲响了他办公室的门。门口进来两个人，正是福格先生和万事通。

福格先生递上他的护照，简要地请领事在上面盖章。

领事拿起护照，仔细地看着眼前这个人。

领事看完护照，问："您是费雷亚斯·福格先生吗？"

"是的，先生。"绅士回答。

"这个人是您的仆人吗？"

"是的。一个法国人，叫万事通。"

"你们从伦敦来吗？"

"是的。"

"去哪儿？"

"去孟买。"

"好，先生。可是你们无须在苏伊士盖章，就可以去孟买了。"

"我知道，先生，"福格先生回答，"但我希望您的签证能够证明我经过了苏伊士。"

“好的，先生。”

于是领事在护照上签字并写上日期，盖上他的章。

站在一旁的菲克斯显得格外着急，他想当场逮捕福格先生，但是他手上并没有逮捕令。

福格先生向领事敬礼之后就出去了，万事通紧随其后。

福格先生没有在码头逗留。他直接回到了船舱，等待邮轮再次出发。他拿出笔记本，做了下面的记录：

离开伦敦，10月2日，星期三，晚上八点四十五分

抵达巴黎，10月3日，星期四，早上七点二十分

离开巴黎，星期四，早上八点四十分

途经赛尼山到达都灵，10月4日，星期五，早上六点三十五分

离开都灵，星期五，早上七点二十分

到达布林迪西，10月5日，星期六，下午四点

登上邮轮，星期六，下午五点

到达苏伊士，10月9日，星期三，早上十一点

总共耗时：一百五十八小时三十分，也就是六天半

从10月2日到12月21日，这八十天里，每一个重要的地点和到达的时间，福格先生都精细地记录下来了，这有助于他安排好接下来的行程。

这一天，10月9日，星期三，他到达苏伊士，和规定到达的时间完全吻合。

随后，他让人把午餐送到他的船舱里。在等待邮轮出发的时间里，万事通替他参观了这座城市。

不久，菲克斯在码头追上了万事通。万事通正在闲逛和

游览。

“嘿，我的朋友，”菲克斯走近他说，“您的护照签证办好了吗？”

“啊！是您，先生，”万事通回答，“非常感谢。手续都办好了。”

“所以您是匆匆赶路的吧？”警探问。

“我可不是，但是我的主人很匆忙。对了，我要去买些袜子和衬衫！我们出发的时候没带什么行李，只有一个简单的日用品袋子。”

“我带您去个集市吧，您在那儿能找到您所需要的一切。”

“先生，”万事通回答，“您真是太热心肠了！但我得千万小心，不能误船。”

“您有的是时间，”菲克斯回答，“这才刚刚到中午！”

万事通掏出他的大怀表。

“中午，”他说，“怎么会！现在才九点五十二分！”

“您的表慢了。”菲克斯回答。

“怎么会！这是祖传的表，是我曾祖父的。一年不会误差五分钟。”

“我知道这是怎么回事儿了，”菲克斯回答，“苏伊士和伦敦有时差，您保留着伦敦时间，比苏伊士时间差不多要慢两小时。您必须调整您的手表。”

“调整我的表？！”万事通叫起来，“绝不！”

“那么，它就和太阳的运行不一致了。”

“去它的太阳吧，先生！是太阳的错！”

万事通把怀表放进了口袋。

过了一会儿，菲克斯问道："您和您主人是准备去哪儿？"

"一路向前！下一站孟买！我们要环游地球！"

"环游地球？"菲克斯大声说。

"是的，在八十天之内！"

"所以福格先生很有钱咯？"菲克斯问。

"是的，我主人还随身携带了一大笔钱呢。"万事通说。

这番对话，让菲克斯更加兴奋了，也让他更坚定了信念。在和万事通告别之后，菲克斯回到了领事办公室。他给伦敦发了封电报，让伦敦警察局把逮捕令发到孟买。

五、福格先生的跟班

在船上的这段时间里，福格先生在做什么呢？

福格先生依旧和往常一样冷静。他在船上找到了几个同样喜欢打惠斯特的牌友，一位税收官、一位牧师，还有一位到印度赴职的英军旅长。

至于万事通，他的船舱在前面。在离开苏伊士的第二天，10月10日，万事通在甲板上闲逛时，在转角处遇到了菲克斯。

“我没有搞错吧，”万事通走上前去，“先生，您就是在苏伊士好心地给我做过向导的那个人吧？”

“正是，”菲克斯回答，“我认出您了！您是那个环游地球的英国人的仆人。”

“一点不错，先生……怎么称呼？”万事通问道。

“菲克斯。”

“您好！”万事通自我介绍，“我叫万事通。”

“您好，万事通先生！”菲克斯用最自然的语气问，“福格先生身体可好？”

“很好，菲克斯先生。我也很好。”

“福格先生呢？我在甲板上从来没有见过他。”

“他从不来甲板。他不好奇。”

“万事通先生，您知道吗，福格先生是不是隐藏了什么秘密？”

“天啊，菲克斯先生，不瞒您说，我对福格先生一无所知。”

这次相遇之后，菲克斯经常和万事通一起聊天，一起在邮轮的酒吧喝酒。

邮轮在高速行驶着。13日，远处的城市在海岸线上显露出来。第二天，邮轮停靠在亚丁港的船泊位上，船就在这里补给燃料。它要在此停留四个小时，好把煤舱装满。

福格先生和仆人上了岸，他想要办理护照的签证。菲克斯警探悄悄地尾随着他们。

福格先生把签证办好之后，又回到船上来，继续和朋友

们打牌。

晚上六点的时候，邮轮又出发了。这一次直接驶向孟买，大概需要八天的时间。邮轮本来应该在10月22日到达孟买，然而它提前两天就到了，所以福格先生已经赢得了两天的时间，他谨慎地把时间记录在本子上。

孟买和加尔各答分别在印度的两端，由一条铁路线连接着。福格先生要到另一头的加尔各答搭乘另外一艘邮轮。从孟买到加尔各答坐火车要三天，这些都在福格先生的计划之内。

下午四点半，旅客们在孟买下了船，通往加尔各答的火车在晚上八点出发。福格先生仔细交代了万事通需要买哪些东西，特别叮嘱要在晚上八点之前回到火车上。然后他朝着签证办公室走去。

福格先生下船后不久，菲克斯也从邮轮上走了下来，一路跑去见孟买的警察局局长。他介绍了自己警探的身份，询问警局是否收到了来自伦敦的逮捕令。

什么也没有!

菲克斯非常焦急，没有逮捕令，他就没办法抓福格先生。

此时，万事通买好了需要的用品，在街上闲逛。街上人潮涌动，还正巧碰上了游行。万事通看着这些有趣的仪式活动，瞪大眼睛，竖起耳朵，活像只呆头鹅。

去火车站的路上，好奇心重的他走进一座神庙，忽略了印度神庙是不允许穿鞋子进入的。

神庙里面有三个僧人，他们看到万事通走了进来，眼里冒着怒火，冲上前去，扑倒了万事通，扒掉了他的鞋袜，并把他扔出门外。

万事通强壮又灵活，他矫健地爬了起来，突然想到快要错过火车发车的时间了，便匆忙跑向火车站。

在火车启动前的几分钟，万事通赶上了火车。他的帽子没有了，光着脚，购买的那包东西也在打架时弄丢了。

万事通把事情经过讲给了福格先生听。

“我希望不要再发生这样的事情了。”福格先生简单地回答，到车厢入了座。

“对不起，先生。以后不会发生这样的事情了。”万事通说。

此时，福格先生和万事通的对话，全被隔壁车厢的菲克斯听得一清二楚。他知道福格先生要离开孟买，随即打定主意跟随福格先生一起前往加尔各答。

正在这时，火车头发出了一声响亮的汽笛声，火车启动了，消失在黑夜中。

六、全新的交通工具——大象

车上什么样的旅客都有，包括一些军官、官员和染料商，他们要去半岛东部做生意。

万事通和福格先生坐在一节车厢里。旅长弗朗西斯爵士坐在他们的斜对角，他是福格先生在轮船上刚认识的牌友。

弗朗西斯爵士身材高大，一头金发，差不多五十岁。他是一个英国人，但是很年轻的时候就来了印度。福格先生向他请教了一些印度的风俗、历史，他也知道福格先生正在完成一项环游全球的计划。

离开孟买一小时后，火车越过高架桥，穿过一座小岛，在印度大陆上奔驰。

“福格先生，几年前，您可能会在这个地方耽搁一点时间，进而耽误您的行程。”弗朗西斯爵士对福格先生说道。

“这是为什么呢，弗朗西斯爵士？”

“因为几年前，这条铁路在山脚下中断了，必须坐轿子或者骑马，一直到山坡另一边的车站。”

火车一路飞驰着。第二天，10月21日，火车进入了相对平缓的地区。铁路沿线的田野被分隔两边，许多细小的河流分布其中。

没过多久，他们眼前出现了一大片宽阔的原野，丛林中不时有蛇和老虎出没。

这天上午，万事通看着窗外的景色，陷入了沉思。他之前一直以为福格先生会在半路返回伦敦，现在他的想法完全变了，他开始相信福格先生打赌的严肃性了。因此，他下定决心，一定要保证这次旅程顺利。

意外还是发生了。10月22日早上八点，在离罗塔尔车站二十四公里的地方，火车停在了一大片林间空地上。列车长巡视着车厢说："请旅客们在这里下车。"

原来从这里到阿拉哈巴德的铁路还没有修好。

"福格先生，这样的延误，一定会耽误您的行程吧？"弗朗西斯爵士说。

"不会，弗朗西斯爵士。"福格先生说，"我们在这里寻找新的交通工具，想办法到达阿拉哈巴德。"

随后，他们拿着行李向铁路旁的小镇走去，但寻遍整个小镇却一无所获——刚才下车的旅客已经把镇上的交通工具全都买走了。

万事通走到福格先生身边，稍稍迟疑了一下说："先生，我想我找到了一种交通工具。"

"什么工具？"

"一头大象！它在离我们一百步的地方。"

"那我们就去看看这头大象。"福格先生回答。

五分钟后，他们来到了一间茅屋前。在那儿，他们看到了一头被驯服的大象。这头大象名叫奇乌尼。福格先生决定骑大象去下一个火车站。

可是，当福格先生问大象主人是否愿意把大象卖给他时，

主人拒绝了他。

福格先生再三坚持，开出了两千英镑的高价。大象的主人终于同意了。

现在的问题只剩下找一位熟悉路线的向导了。

这时，一位年轻人自告奋勇来当向导，他说他熟悉这里的每一条路。

福格先生从旅行包里取出钞票，付给年轻人当作报酬。

他们在小镇里买了一些食物后就上路了。弗朗西斯爵士坐在大象一侧的椅子上，福格先生坐在另一侧的椅子上，万事通跨坐在他的主人和爵士之间的鞍褥上。向导骑在大象的脖子上。

九点钟，大象离开了大路，走入了最短的捷径。

七、阿乌达夫人脱险

为了尽快赶路，向导驱使大象快速行进，他们被大象颠得厉害。

万事通不时地拿出一块糖喂大象。聪明的奇乌尼用鼻子接过糖，一刻不停地继续着规律的步伐。

晚上八点，他们翻过一座山，停在北山坡脚下的一间平房里休息。

这一天，他们大约走了四十公里的路，还要再走同样多的路程才能抵达阿拉哈巴德车站。

第二天早上六点，大家继续出发。

下午两点，向导带领大家进入一片茂密的森林。这时，大象突然发出一些不安的声音，停了下来。

“怎么了？”弗朗西斯爵士问，把脑袋探出椅子。

“我也不知道，我的长官。”年轻人回答。

过了一会儿，他们听见远方传来了铜管乐器声。

万事通瞪大眼睛，竖起耳朵。福格先生耐心地等着，一言不发。

年轻人跳了下来，把大象系在一棵树上，到前面去看了看。几分钟后，他回来说：“一支祭祀的队伍从那边走了过来，尽量不要让他们发现我们。”说完，他把大象引到一片矮树丛里，跟大家一起躲了起来。

人声和乐器的嘈杂声接近了。他们透过树枝可以看清举行这个宗教仪式的奇怪人员。

第一排走着一些僧人，裹着头巾，身穿镶花边长袍。

他们身后，几个人穿着华丽的东方服饰，拖着一个女人。

弗朗西斯爵士朝向导转过身去。“是那个仪式！”他说。

向导点了点头。一会儿，最后几人消失在了森林深处。

福格先生还不明白是什么情况，他问：“刚才到底是怎么回事？”

“福格先生，”弗朗西斯爵士回答，“您刚才看到的那个女人，明天凌晨就会被献祭。”

“啊！这些浑蛋！”万事通愤怒地惊叫起来。

“怎么这么野蛮的习俗还存在呢？”福格先生问道。

“在印度的绝大部分地区，这种习俗已经被取消了。”弗朗西斯爵士回答。

“他们要把她带到哪儿去？”福格先生问。

“带到皮拉吉神庙，离这儿两公里的地方。她会在那儿过夜，等待着处死时刻的到来。”

“什么时候举行？”

“明天，天刚亮的时候。”

向导把大象从茂密的树林中牵出来，爬了上去。他正要吹口哨催它出发，福格先生阻止了向导，对弗朗西斯爵士说：“我们救下这个女人吧！我还富余十二个小时。”

“瞧呀！您真是个心地善良的人哪！”弗朗西斯爵士说。

这个计划很大胆，但却困难重重。福格先生简直是拿自己的性命在冒险，但现在弗朗西斯爵士能助他一臂之力。

至于万事通，他已经准备好了。他感觉在主人冰冷的外表下，有一颗善良的心和一个高尚的灵魂。他开始崇拜福格先生了。

“你不会向着那些印度人吧？”弗朗西斯爵士坦率地问向导。

“我的长官，”向导回答，“我认识这个女人，我愿意帮助她，你们尽管吩咐我吧。”

“很好，向导。”福格先生说。

于是，向导向他们介绍了这个女人的身世。她是个出了名的印度美女，叫阿乌达，孟买一个富商的女儿，在孟买受过纯正的英式教育。

向导带领着福格先生、弗朗西斯爵士和万事通，悄无声息地穿行林中，不久就来到了神庙背后的一个树丛中。

在神庙门口的空地上，躺满了喝得烂醉的人。火把照亮了几个守卫，他们正手持利刃来回巡逻。

“咱们再等等，”弗朗西斯爵士说，“现在是晚上八点，可能这些看守一会儿会睡觉。”

“只能这样了。”福格先生说。

这时，几个守卫出现在神庙后殿，在那里驻扎下来，看来他们是打算整夜巡视了。

“我们只能离开了吧？”弗朗西斯爵士压低了声音问。

“是的。”向导回答。

“等一下，”福格说，“我只要明天中午以前到达火车站就行了。”

几小时过去了，天快亮了。神庙的门打开了，两个僧人把那个年轻女人拖到外面，她好像昏迷了一样一动不动。

祭祀的队伍天亮之后再次出发了，福格先生一行人混在队伍的最后面。两分钟之后，队伍来到了河边，河边垛着柴堆，年轻女人被放在柴堆上。

一支火把逐渐靠近木柴，木柴立即燃烧起来。

突然，有人发出了一声恐怖的叫喊。柴堆上出现了一个男人，他像个幽灵一样抱起那个年轻女人，从柴堆上走下来。

苦行僧们、守卫们、祭司们，都不敢抬头去看这样不可思议的事情！

福格先生和弗朗西斯爵士也被惊呆了，他们一动不动地站在原地。

那个男人就这样走到福格先生的身边，然后福格先生听到了一个短促的声音："咱们快逃！"

那是万事通的声音！他在浓烈的烟雾中溜到柴堆边！是万事通扮演了勇敢的角色！

祭司们从惊恐中回过神来，福格先生一行人已经冲进了森林，不久就消失了。

快十点的时候，他们到达了火车站，中断的铁路在这儿重新连接上了。

阿乌达夫人还昏迷着，弗朗西斯爵士坚信她会恢复过来，但他非常担心她未来的安全。他对福格先生说："如果阿乌达夫人留在印度的话，她还是会落到那些人手里。"在他看来，这个年轻女人只有离开印度，才算真正安全。

福格先生思考了一下，决定带上阿乌达夫人一起走。阿

乌达夫人被安置在火车站的一个房间里。万事通去替她购买各种洗漱用品。

剩下的问题是奇乌尼。这样一头高价买来的大象该怎么处理呢？福格先生心中已经有了盘算。

他对向导说：“这趟旅程你始终尽心尽力。我付了你服务费，但我还没有答谢你的忠诚。你想要这头大象吗？我送给你。”

向导的眼睛发出光来。

“阁下给了我一大笔财富啊。”他大声说。

“向导，”福格先生回答，“这是我欠你的人情。”

“好极了！”万事通大声说，“牵走吧，朋友！奇乌尼是一头高尚、勇敢的动物！”

大象发出满意的咕噜声。然后，它用鼻子搂住万事通，把他一直举到头顶。万事通一点儿也不害怕，轻轻抚摩着大象。大象温柔地把他放回地面。这个好小伙儿用手有力地握住勇敢的奇乌尼的鼻子。

商定这些事情之后，他们上了火车，火车正在全速前进。两个小时后，阿乌达夫人完全清醒了。

阿乌达夫人发现自己坐在火车车厢中，穿着欧洲人的衣服，被一群不认识的旅行者围绕着，她非常惊讶！

万事通向阿乌达夫人讲述了事情的经过。

阿乌达夫人面对她的救命恩人，一时不知道该说什么好。

“印度对于你来说已经不安全了，你跟我一起去中国香港吧！”福格先生提议。

阿乌达夫人满怀感激地接受了这个提议。恰好她有一个亲戚在中国香港。

火车在行驶了一天一夜之后，终于在早晨七点钟准时到达了加尔各答。

弗朗西斯爵士在中途就下了车。到达加尔各答后，福格先生和万事通扶着阿乌达夫人下了火车，他们准备直接登上开往中国香港的邮轮。

正当福格先生走出火车站时，一个警察走近他说："费雷亚斯·福格先生吗？"

"是我。"

"这个人是您的仆人吗？"警察指着万事通问。

"是的。"

"请两位跟我走一趟。"

福格先生没有流露出一丝慌张，他相信警察是法律的代表。

"这位夫人能陪我们一起去吗？"福格问。

"可以。"警察回答。

到了警察局，警察把他们关进一个有铁栅栏窗户的房间："八点半，法官会传唤你们。"

阿乌达夫人对福格先生说："先生，你们必须丢下我！都是因为我，你们才被追捕！"

"别慌张，阿乌达夫人，我一定会把你带到中国香港去的。"福格先生说。

八点半，房门打开了。警察把他们带到一个审判庭。

福格先生、阿乌达夫人和万事通坐在一条长凳上，对面坐着法官和他的助理。

“费雷亚斯·福格？”法官助理说。

“在。”福格先生回答。

“万事通？”

“到！”万事通回答。

“很好！把原告带上来。”

法官一声令下，三个印度僧侣被一个执法人员带了进来。

那些僧侣站在法官面前。法官助理大声念着诉状，他们指责福格先生亵渎了圣地。

“你们听到了吗？”法官问福格先生。

“是的，先生。”福格先生看了看手表，回答道，“我承认。”

“啊！您承认？”

福格先生早猜出来这不是祭祀仪式上的那些僧人，而是把万事通扔出去的人。万事通穿鞋进了神庙，亵渎了神庙的地面。

事实上，这些僧人正是菲克斯找来的！虽然菲克斯警探现在还没有逮捕令，但他想在这里拖住福格先生。

“这些事，你们都承认了？”法官问。

“承认。”福格先生冷冷地回答。

法官宣判道：“现在监禁万事通十五天，罚款三百英镑。”

菲克斯在法庭的角落感到非常满意，一切都按照他的计划进行着。

福格先生镇定自若，甚至没有皱一下眉头，他站起来说：“我交保释金。”

“这是您的权利。”法官回答，“如果不想服刑的话，就要付两千英镑。”

“我付钱。”福格先生说。

他从万事通背着的旅行包里拿出一沓钞票，放在法官的桌上。

“这笔钱你们什么时候服刑期满，什么时候还给你们。”法官说，“在这期间，你们因保释而自由。”

菲克斯警探还希望福格先生会舍不得这两千英镑呢。

福格先生站起身来，阿乌达夫人挽着他的手臂，万事通跟在后头。福格先生叫了一辆马车，三人立刻上了车。

菲克斯非常生气。他冲出去追着马车

跑，直到跑不动为止。马车很快就在城里的一个码头停下了。

菲克斯陷入了沉思。自从福格先生离开伦敦，旅行费、购买大象的费用、保释金、罚款再加上额外的费用，他这一路已经花掉了五千英镑。如果福格先生真的是窃贼的话，那破案之后银行奖励给自己的，也会越来越少。

菲克斯所有的希望，如今都集中在一个地方——中国香港。虽然邮轮经停新加坡，但是时间很短，他无法展开行动。

再三思索后，菲克斯立马也上了邮轮。

八、菲克斯灌醉了万事通

这艘名为“仰光号”的邮轮准时出发了，菲克斯警探正发愁怎么办时，他想到了万事通。

这一天，菲克斯从船舱走出来，登上甲板。万事通在前面散步，警探冲上前去，大声说：“您在‘仰光号’上啊！”

“菲克斯先生也在船上啊！”万事通回答，他万分吃惊。

“怎么！我们在孟买分开的，在去中国香港的路上，我们又遇上了！您也在做环球旅行吗？”万事通接着问。

“不，不。”菲克斯回答，“去喝一杯吗，万事通先生？”

“非常乐意，菲克斯先生。为我们的重逢喝上一杯！”

从这天起，万事通和警探常常在船上相遇。菲克斯偶尔会看见福格先生，他坐在邮轮的大厅里，要么陪着阿乌达夫人，要么就是在打惠斯特牌。

经过接连的偶遇，万事通开始怀疑上了菲克斯。一次又一次相遇的奇怪巧合，说实在的，让人很难不怀疑他。在万事通看来，菲克斯可能就是革新俱乐部的牌友们派来跟踪福格先生的间谍。

万事通对自己的发现感到很高兴，但他决定什么也不向自己的主人透露，他要努力保证旅途的顺利。

第二天凌晨四点，“仰光号”为了补充燃料，提前半天停泊在新加坡。

福格先生在本子上记下了时间。这一次，他陪着阿乌达夫人上了岸。她想逛几个小时。菲克斯紧紧跟在福格先生后面。至于万事通，他看到菲克斯的所作所为，心里暗暗发笑。

上午十点钟，福格先生和阿乌达夫人回到邮轮上，万事通在甲板上等待着他们。十一点，邮轮加满了煤，向着中国香港驶去。新加坡和中国香港岛之间相隔差不多两千四百公里。福格先生计算了一下时间，他要在六天之内到达中国香港，接着坐11月6日的船前往日本，一刻都不能延误。

但是，在前往中国香港的海上，天气十分恶劣。为了安全起见，船开得很慢。

11月3日，海上风暴四起。狂风猛烈地拍打着海面。可想而知，邮轮的速度大大降低了。11月4日，海上的风向变得有利于航行了，邮轮又恢复了高速行驶。

福格先生的行程预计是5号抵达，而邮轮6号才靠岸。没有人知道此时开往日本的邮轮是否已经离开了中国香港。

福格先生在查阅了他的旅行指南后，平静地询问领航员，是否知道从中国香港开往日本的邮轮什么时候起航。

“明天早上涨潮的时候。”领航员回答。

“它不是应该昨天出发的吗？”

“是的，先生，可是‘卡尔纳提克号’邮轮需要修理一个锅炉，所以出发推迟到明天。”

“谢谢您。”福格先生平静地说。

这个消息让万事通感到十分高兴。他紧紧地握着领航员的手说：“您真是个大好人！”

菲克斯却显得非常恼火。

11月6日下午一点钟，邮轮停靠在码头。旅客们下了船。

要不是开往日本的邮轮必须修理锅炉，它应该在11月5日就出发了。福格先生迟到了二十四小时，但幸运的是对之后的旅行并没有产生严重后果。

船要在11月7日早上五点钟起航，福格先生有十六个小时可以做自己的事情，也就是安顿阿乌达夫人。福格先生走出酒店打听，可惜，阿乌达夫人的亲戚两年前就已经搬离中国香港，移居欧洲。

听到这个消息，阿乌达夫人思索了一会儿，然后轻轻地说：“我该怎么办呢，福格先生？”

“很简单，”这位绅士回答，“回欧洲。”

“但我不能影响您的计划。”

“您在我身边丝毫不影响我的计划。万事通？”

“先生。”万事通回答。

“去，订三个舱位。”

万事通很高兴阿乌达夫人能陪伴他们继续旅行，因为阿乌达夫人对他和蔼可亲。

万事通快步朝售票处走去。在邮轮停靠的码头，他看到菲克斯走来走去，对此他并不意外。

菲克斯到达中国香港之后，立马去了警察局，但他还是没有收到福格先生的逮捕令。这令他非常着急。

“菲克斯先生，您决定跟我们一起去美国了吗？”万事通问。

“是的。”菲克斯咬牙切齿地回答。

“那就一起走吧！”万事通意味深长地笑着说。

两个人走进邮轮售票处，订了四个人的舱位。但是售票员告诉他们，邮轮已经提前修好了，当晚八点钟就要出发。

“很好！”万事通回答，“这更符合福格先生的安排。我去通知他。”

这时，菲克斯决定对万事通和盘托出。这也许是唯一的方法。

离开售票处时，菲克斯向万事通提出到酒馆喝点东西。万事通看还有时间，便接受了菲克斯的邀请。

两个人走进码头的一家酒馆，聊起了天。万事通喝完了两瓶酒，起身要回去通知他的主人。

“等一下。”菲克斯说。

“菲克斯先生，您有什么事？”

“我要和您谈一点严肃的事情。”

“严肃的事情？！”万事通喝光了最后一点酒，大声说，“我们明天谈，今天我没时间。”

“您等等，”菲克斯回答，“这件事关系到您的主人！”

“您已经猜出我是什么人了吧？”他问万事通。

“当然！”万事通微笑着说。

“那么我就对您和盘托出。”

“现在我什么都知道了，我的老兄！不过，让我先告诉您，那些绅士花的钱也只能打水漂了！”

“打水漂！”菲克斯很疑惑，“您是在开玩笑吧，看来您不知道这笔款子有多大！”

“不，我知道，”万事通回答，“两万英镑！”

“不，是五万五千英镑！”菲克斯说完，紧紧地握住万事通的手。

“什么！”万事通喊道，“五万五千英镑！那么！更不能耽误时间了。”他重新站起身来。

“五万五千英镑！”菲克斯拉住万事通，说，“如果我成功了，我将得到两千英镑的奖金。你想得到五百英镑吗？帮助我把福格先生拖住，在中国香港多待几天。”

“哼！”万事通说，“您在说什么？怎么，那些绅士不仅要派人跟踪我的主人，怀疑他的正直，还想给他制造障碍！我真替他们感到羞愧！”

菲克斯开始听不明白了，问道：“他们是谁？”

万事通嚷道：“那些革新俱乐部的牌友啊！”

“但是，您到底认为我是什么人？”菲克斯问，两眼盯住万事通。

“当然知道！你是革新俱乐部会员们派来的一个密探！”

警探再次陷入了沉思，他该怎么办？万事通看起来不像是装的，显然，他不是福格先生的同谋。

警探第二次下定决心，他要把福格先生留在中国香港。

菲克斯认真地说："听着，我根本不是什么俱乐部的密探。我是一个警探，身负首都警察局的一项任务。"

他从口袋里掏出警察厅厅长签署的一份委任书给万事通看。

"9月29日，有人盗窃了英国银行五万五千英镑。您看，这个人的照片和福格先生一模一样。"

"怎么可能！？"万事通大喊起来，"我的主人是世上最正直的人！"

万事通双手抱住脑袋，他不愿相信，福格先生，阿乌达的救命恩人，一个如此慷慨而正直的人，竟然是个小偷！

"是这样的，"菲克斯回答，"我申请了逮捕令，不过还没有收到。所以请您务必帮助我把他留在中国香港。我和您平分英国银行许诺的两千英镑奖金！"

"菲克斯先生，"万事通结结巴巴地说道，"即便您对我说的话是真的……我依然是他的仆人……我看到了他的善良和慷慨，背叛他，绝不！哪怕把全世界的金子都给我也不行……在我出生的那个村子，人们不吃这一套！"

"您拒绝？"

"我拒绝。"

"就当我什么也没说，"菲克斯回答，"咱们喝酒吧。"

"好，咱们喝酒！"

万事通不愿意帮忙的话，只能把他和他的主人分开了，菲克斯想。菲克斯一杯杯地灌醉了万事通，看着他昏昏沉沉地倒了下去。

“好了，”菲克斯说道，“福格先生不能得到通知，他不知道船已经提前出发了，这回可以把他留在中国香港了。”

九、分头行动

福格先生呢，他完全不知道万事通遇到了什么事情，也不知道轮船提前出发了。他整晚都在看《泰晤士报》和《伦敦新闻画报》。

第二天早晨，福格先生才发现万事通没有回酒店。福格先生和阿乌达夫人一起前往码头，他本以为能同时看到邮轮和万事通的，结果两者都没出现。

这时，有个人慢慢向他靠近，是菲克斯警探。警探向他致敬，并对他说："先生，您是不是像我一样，也是昨天坐着'仰光号'邮轮来的旅客？"

"是的，先生。"福格先生冷冷地回答他。

"请原谅，我原以为能在这儿见到您的仆人呢。"

"您知道他在哪儿吗，先生？"年轻女人急切地问道。

"什么？"菲克斯回答，他假装很吃惊，"他没和你们在一起吗？"

"没有，"阿乌达夫人回答，"昨天开始，他就没再出现过。难道他不等我们就自己坐船走了？"

"很有可能。邮轮昨晚提前修好后就离开中国香港了。现在必须再等一星期，坐下一班船出发。"

说出"一星期"这三个字，菲克斯感觉自己的心高兴得怦怦直跳。只要福格在中国香港滞留一星期，他就能收到逮捕令！

福格先生用冷静的口吻说："在我看来，除了'卡尔纳提克号'邮轮以外，这里总有别的船吧。"

说完，福格先生到码头去找其他可以出发的船。

此时，一位领航员朝他走来。

"阁下要坐船吗？"领航员脱下帽子问道。

"您有准备出航的船吗？"福格先生问。

"是的，阁下。"

"跑得快吗？"

"阁下会满意的。您是要在海上兜兜风吗？"

"不是，是旅行。"

"旅行？"

"您的船能把我送到日本吗？"

领航员听到这些话，连连摆手，眼睛瞪得老大。

"阁下是在说笑吧？"他说。

"不！我错过了邮轮，而我最迟14日必须到达日本，为了坐船去美国旧金山。"福格先生说，"我每天给你一百英镑，如果准时到达，我再给你两百英镑。"

"此话当真？"领航员问道。

"千真万确。"福格先生回答。

这时，福格先生转向阿乌达夫人。

"夫人，您不害怕吧？"他问道。

"和您在一起，我不害怕，福格先生。'阿乌达夫人回答。

"怎么样，领航员？"福格先生说。

“这么说吧，阁下，”领航员回答，“去日本太远了，我不能拿我手下人的命去冒险。我们可以先去上海，沿着中国海岸线航行。”

“领航员，”福格先生回答，“我要到日本去搭乘开往美国的轮船，不是到上海。”

“为什么不呢？”领航员回答，“到旧金山的邮船始发港是上海，经停日本。”

“您说的话确定属实吗？”

“非常确定。”

“那么，您什么时候可以出发？”

“一小时后。这段时间要去买食物，做准备。”

“可是万事通……”阿乌达夫人说，万事通的失踪使她极为不安。

“我会尽量为他安排好。”福格先生回答。

福格先生朝着警察局走去，向警方报告了万事通的体貌特征，留下一笔钱，足够他回国。

福格先生和阿乌达夫人登上了船，菲克斯已经在那里等他了。福格先生对菲克斯说：“如果您愿意搭乘的话……”

“先生，”菲克斯坚定地回答，“我正要请您帮我这个忙呢。”

“那我们一起走吧。”福格先生说。

这艘船除了船长以外，还有四个船员。船上的条件非常

有限。

“我很抱歉没有更好的条件提供给您。”福格先生对菲克斯说。

福格先生的善意让菲克斯感到惭愧。

船驶出海湾，全速前进。

11月8日，太阳升起时，船已经走了一百八十多公里。

将近中午，风减弱了，船长吩咐把顶帆升起来。但是两小时之后，便不得不把顶帆撤回，因为风又变强了。

第二天天亮的时候，风力又增强了。上午临近八点钟，一阵狂风暴雨落到船上。船被令人难以想象的狂风掀起，在暴风雨中来回颠簸。

整个白天，小船就这样被风暴和海浪推着前进。有几次它差点被巨浪吞没，多亏了船长高超的掌舵技术，才终于化险为夷。入夜了，暴风雨越来越大。船长走近福格先生说：“阁下，我觉得我们最好找一个海岸的港口停靠。”

“我想也是。”福格先生回答。

“啊！”菲克斯说，“哪个港口呢？”

“我只知道一个。”福格先生平静地回答。

“那么，是哪个呢？”

“上海。”

听到这个回答，船长感受到了福格先生的坚忍，于是他大声说：“阁下说得对！就去上海！”

这一夜，风浪丝毫没有减弱，阿乌达夫人已经精疲力竭了。福格先生不止一次地冲向她，保护她免受海浪的冲击。

直到第二天中午，海面才平息下来。乘客们终于可以吃点东西，休息一下。

第二天黎明时分，海岸显现出来。船长可以确定，离上海不到一百八十公里了。

这段距离，只剩下这一天来完成了！

中午，船离上海不到八十三公里，离邮船发往美国还有六小时，福格先生一行人必须在这之前抵达港口。此时风却越来越弱！船就像一只乌龟一样在海面上缓慢地航行着。

晚上七点钟，距离上海已经不远了，但是那艘开往美国的邮轮已经出发了。

“该死的风！”船长嚷道。

“发信号！”福格先生只说了一句。

船长把旗降下一半。这是遇难时的求救信号，他们期待那艘邮轮能看到。

“点火！”福格先生说。

小青铜炮在空中爆出一声轰响。

此时，开往美国的邮轮看到这艘下半旗的船，便朝小船开去。福格先生按照讲好的价钱给船长结清了船费后，福格先生、阿乌达夫人和菲克斯登上了邮轮——这艘开往日本长崎和横滨的邮轮。

十、主仆重逢

11月14日上午，福格先生照预定的时间抵达了日本。

福格先生决定马上去找万事通。他询问了法国和英国警察，但都没有万事通的消息。

出于某种预感，他走进了一个杂技场。

原来菲克斯离开万事通三个小时之后，万事通醒了过来，跌跌撞撞地扶着墙壁，像在梦游一般地喊着："'卡尔纳提克号'！'卡尔纳提克号'！"

此时停在中国香港码头的邮轮正准备起航。万事通离邮轮只有几步之远。就在邮轮起锚时，他冲上浮桥，越过舷门，神志不清地倒在船头。

等他再次醒来的时候，他在甲板上没有看到福格先生，也没有看到阿乌达夫人。就这样，他比福格先生更早几天到达了日本。

到达日本之后，万事通没有钱吃饭，只得找了一个马戏团的工作。

有一天表演的时候，万事通穿上中世纪的戏服，戴上五颜六色的翅膀，脸上还装着一个长鼻子。万事通进入舞台，和同事们一起堆起了一个"人塔"。然而，由于有人操作失误，"人塔"轰然倒塌……

操作失误的人正是万事通，他离开自己的位置，越过栏

杆，大喊道："啊！福格先生！我的主人！"

"万事通，是你吗？"

"是我！"

"好！这样的话，去邮轮上吧，我的小伙子。"福格先生说。

就这样，福格先生和万事通重逢了。

万事通从阿乌达夫人口中得知，他们是在菲克斯的陪伴下，从中国香港来到横滨的。

听到菲克斯的名字，他觉得现在还不应该跟福格先生说他和菲克斯之间发生的事情。

福格先生给了万事通一笔钱，足够他在船上买到更加合身的衣服。不到一小时，这个正直的小伙子就卸下了他的鼻子，拆掉了翅膀。

从横滨开往旧金山的邮轮名为"格兰特将军号"。这艘邮轮设备先进，速度很快。从日本到美国只需要二十一天。福格先生有理由相信，自己可以在12月2日到达旧金山，11日到达纽约，20日到达伦敦，然后在最后期限12月21日之前的几小时，提前到达目的地。

在离开横滨九天后，福格先生正好环游了半个地球。

11月23日这一天，万事通感到欣喜若狂。大家可还记得，这个固执的小伙子执拗地保持着他的家传怀表上的伦敦时间吗？他认为其他国家的时间都是错的，他不相信有时差这回事。但是这一天，虽然他没有拨快也没有拨慢他的表，可是他发现他的表和船上的钟，时间一致。

船上的钟指的是上午九点，而他的怀表指的则是晚上九点，也就是刚好十二个小时的时差。万事通仍然不知道其中的奥妙，他扬扬得意地认为太阳会根据他的表来调整时间！上一个纠正他这个问题的人是菲克斯。他想知道，菲克斯现在会说什么。

可是，此刻菲克斯在哪儿呢？

菲克斯就在“格兰特将军号”上面。现在福格先生已经离开了英国的掌控范围，逮捕令已经毫无意义！

算了！菲克斯心想，我的逮捕令在这里的确作废了，但是回到英国还是有用的。

这一天，他恰好在船艏和万事通碰了个正着。

万事通二话不说，立刻跳上前去掐住菲克斯的脖子，狠狠地揍了菲克斯一顿。

菲克斯没有还手，爬起来看着万事通，冷冷地说：“打完了吗？”

“眼下是的。”

“那么过来跟我谈谈，为了您主人好。”

万事通仿佛被他的冷静慑服了，跟着菲克斯来到船头。

“您打了我一顿，”菲克斯说，“现在，听我说。到目前为止，我都和福格先生对着干，但是现在，我站到他这一边。”

“终于！”万事通大喊，“您相信他是个正派人了吧？”

“不，”菲克斯冷冷地答道，“我认为他还是个浑蛋。为了拖住他，等待逮捕令到来，我想尽了办法。我教唆孟买的僧侣指控他，我还把您灌醉在中国香港。”

万事通听着，握紧了拳头。

“现在，”菲克斯又说，“福格先生看起来是要回英国了？

好，我跟着他一起。但是，今后我会帮助他排除路上的障碍，就和我之前给他制造障碍一样精心和热诚。”

万事通深信菲克斯是绝对真诚地在说这番话。

“我们是朋友吧？”菲克斯问道。

“朋友，算不上。”万事通回答，“盟友，如果你要是有一点点骗我的迹象，我要再揍你一顿。”

“一言为定。”菲克斯平静地说。

十一天之后的12月3日，“格兰特将军号”驶入了金门湾，到达旧金山。

福格先生既没有提前也没有迟到。

十一、菲克斯替福格先生挡了一拳

船靠岸后，福格先生立即上岸打听，他要弄清楚开往纽约的第一班火车几点发车。

宽阔的街道，巨大的码头，哥特式的建筑，人行道上挤满了人。如今的旧金山已经成了一个巨大的商贸城市，高耸的大楼俯瞰着大街小巷，绚烂辉煌的商店陈列着全世界的产品。万事通在马车上仔细地观察着这座城市。

马车把他们带到酒店之后，万事通安置好了行李。

当天午饭之后，福格先生和阿乌达夫人去英国领事馆办理了签证。万事通去买手枪，因为听说有些印第安人会和强盗一样拦劫火车。

菲克斯仍然一心盯紧福格先生。他从后方赶上来，走到福格先生身边，提议一起参观这座神奇的城市。

就这样，福格先生、阿乌达夫人和菲克斯在街上闲逛。很快他们来到蒙哥马利大街，这里到处都是人。旗帜在风中飘扬，四面八方响起了喊声。

“卡梅菲尔德万岁！”

“曼迪博伊万岁！”

原来这条街上正在举行一场集会。这是什么日子呢？福格先生一无所知。整座城市异乎寻常地沸腾。

阿乌达夫人挽着福格先生的手臂，惊奇地望着这乱哄哄

的场面。这时又爆发了一阵更加激烈的骚动。

“我想我们还是离开为妙。”菲克斯说。

“一个英国公民应该……”福格先生的话还没有说完，从他身后的露台上爆发出一阵激昂的喊声。人群嘶吼着：“支持曼迪博伊！”这群选民是来增援的。他们从侧面向卡梅菲尔德的拥护者发起攻击。

福格先生、阿乌达夫人和菲克斯处在交火双方的中间，要脱身为时已晚。

此时，一个大汉向福格先生举起了巨大的拳头。菲克斯先生冲了上去，为福格先生挨了这一拳。他的帽子下面立刻凸起了一个大肿块。

“美国佬！”福格先生对着大汉说。

“英国佬！”对方回答。

“我们会再见面的！”

“随时恭候，您的大名？”

“费雷亚斯·福格。您的呢？”

“普罗科托上校。”

人潮穿过他们往前涌去。菲克斯被推翻在地，但伤势不算严重。阿乌达夫人安然无恙，只有菲克斯挨了一拳。

“谢谢。”离开人群后，福格先生对警探说。

“没什么。”菲克斯回答。

一小时后，他们回到了酒店。

万事通拿着六支左轮手枪，正等着他的主人。当他看到菲克斯陪伴着福格先生时，他的脸色阴沉下来。但他听了事情经过后又恢复了平静。显然，菲克斯已经不再是敌人了。在美国，他成了一个同盟。他没有违背承诺。

他们一起吃过晚饭后，福格先生对菲克斯说：“您没有见过那位普罗科托上校吗？”

“没有。”菲克斯回答。

“我会再回美国找他的。”福格先生说，“有一个英国公民受到这样的待遇很不妥。”

菲克斯笑了笑。看得出来，福格先生是一位典型的英国人。就算在国外，他也要拼命维护自己的荣誉。

下午六点差一刻，一行人来到了火车站。火车马上就要开了。

纽约和旧金山由一条铁路线连接在一起，全长不少于六千公里。途中会穿过荒漠区域，还会穿越一片有印第安人出没的区域。

一路上几乎没有隧道和桥梁。铁路绕着山腰盘旋，不是寻求两点之间最短的路线，而是为了不破坏自然环境。

第二天，福格先生一行人舒服地坐在座位上，望着眼前掠过的风景。窗外是广阔的平原，远处有山峦、水花四溅的小河。有时候，一大群野牛聚集在远方，像是一座移动的堤坝。

这种自然风光也给他们带来了不可预料的麻烦。当天下午三点的时候，一万多头野牛挡住了铁路。要知道，当野牛选定了一个方向前行时，什么也不能阻止或者改变它们的步伐。最终，火车减缓了速度，直至停了下来。

福格先生没有着急，万事通却非常恼火。

“什么破国家！”他叫道，“区区几头牛就挡住了火车！”

现在只有等待这群野牛通过铁路之后，再加速前进。野牛足足走了三个小时。直到太阳下山，铁路才恢复了通行。

从旧金山出发，火车已经经过了大盐湖地区、韦伯河畔、瓦萨奇山脉起伏的高地……12月6日，火车沿着怀俄明州苦溪的山谷前进。这条河的一部分支流形成了科罗拉多的水文地理系统。

第二天，火车在格林河站停了一刻钟。夜里下了一场鹅毛大雪，如果积雪使火车轮子陷进去，肯定会影响旅程。

万事通在为天气操心的时候，阿乌达夫人比他更担忧，不过是另外一个原因。

原来，阿乌达夫人在格林河车站的月台上散步的时候，透过车窗玻璃，认出了普罗科托上校。他就是在旧金山的集会上，粗暴地对待福格先生的美国人。很显然，普罗科托上校上了这列火车是个偶然，但她不能让福格先生发现普罗科托上校也在这列火车上，否则他们又得打起来了。

火车重新上路了。阿乌达夫人利用福格先生打瞌睡的时间，告诉了菲克斯和万事通这个情况。

“这位普罗科托上校就在火车上？”菲克斯喊道，“好啊，您放心，夫人。他在和福格先生交手之前，先得过我这关！”

“再说，”万事通加上一句，“我也可以对付他，尽管他是个上校。”

“菲克斯先生，”阿乌达夫人又说，“福格先生不会让任何人替他报仇的。他是个男子汉，他说过，会回到美国再找这个侮辱他的人。现在可不能让他看见上校，这会影响到这次行程。”

“您说得对，夫人。”菲克斯回答。

“我们得想个办法不让福格先生离开车厢。”万事通说。

谈话中断了。福格先生醒过来，透过车窗，眺望原野。

菲克斯对福格先生说：“先生，这样在火车上待着，时间过得太慢了。”

“确实，”福格先生说，“你有什么好的建议吗？”

“在邮轮上，”菲克斯说，“您不是有打惠斯特的习惯吗？”

“是的，”费雷亚斯·福格回答，“但是在这里，我既没有牌，也没有牌友。”

“哦！牌嘛，我们总能买到的。在美国的火车上，什么都有卖的。至于牌友，如果夫人会玩的话。”

“当然了，先生，”阿乌达夫人回答，“我会打惠斯特。”

福格先生一整个早上都沉浸在玩惠斯特的快乐中。在餐车里吃了午餐之后，福格先生和他的同伴们又继续玩起了惠斯特。这时他们听到尖锐的汽笛声，火车停了下来。

万事通冲出车厢。四十来个旅客已经离开了他们的座位，其中就有普罗科托上校。

火车停在了禁止通行的红色信号灯前。火车驾驶员和列车长正在和一个巡道工激烈地争吵着。旅客们聚拢在一起争论，普罗科托上校的声音最大。

巡道工说：“不！不能过去！梅迪辛博桥摇摇欲坠，承载不了火车的重量。”

原来在前方有一座桥，好几根吊索已经断了，不能冒险通车。

普罗科托上校大喊：“我们走不了啦，你是想我们在雪地过夜吗？”

“上校，”列车长回答，“我们已经给奥马哈车站发了电报，要他们派一列火车来。”

“步行！步行！”所有旅客都嚷嚷起来。

“但是这个车站究竟还有多远？”万事通问列车长。

“十九公里，从河对岸走。”

“在雪地里走十九公里？！”普罗科托上校嚷道。

上校破口大骂，他责备铁路公司，责备列车长。

火车驾驶员提高了嗓门说：“先生们，或许有办法通过。”

“从桥上？”一个旅客问。

“从桥上。”

“开我们的火车过去？”上校问道。

“开我们的火车过去。”

万事通正想把这个突发事件告诉主人，但突然停住了脚步。

“可是这座桥有坍塌的危险！”列车长发话了。

“没关系，”火车驾驶员回答，“我相信如果火车以全速行驶，会有机会通过的。”

最终，大部分旅客都同意火车驾驶员的建议。

万事通惊呆了。尽管为了通过这条河，他们准备尝试一切办法，可是这样的尝试实在太冒险了。

“上车！上车！”列车长叫道。

旅客们又回到了车厢。万事通坐回他的位置，紧张地对刚才发生的事情闭口不谈。另外几个人还沉浸在牌局中。

火车头发出震耳欲聋的汽笛声。驾驶员让火车倒退了快两公里，就像一个赛跑的人用倒退来蓄力冲刺一样。

接着，火车头开始加速向前。只听火车头发出一声嘶鸣，火车过了桥！快如闪电。可以说，火车从此岸跳到了彼岸。

不过，火车才刚过了河，桥就彻底毁了，呼啦啦地坠入激流中。

真是一场大胆的冒险啊！

十二、福格先生要在火车上决斗

从旧金山行驶到现在已经过去了三天三夜，火车穿越了两千多公里。到达纽约只要四天四夜，福格先生的旅程还在计划期限内。

火车越过了一百零一度经线。福格先生和伙伴们重新打起牌来。

正当福格先生准备出牌时，长凳后面响起一个声音。

“要是我的话，我就出另外一张牌……”

福格先生、阿乌达夫人和菲克斯抬起头来。说这话的正是普罗科托上校。

普罗科托上校和福格先生马上认出了对方。

“啊，是您，英国人先生。”上校大声说，“您不该打这张牌！”

“那是我自己的事情。”福格先生冷冷地说。

“我觉得应该打这张。”普罗科托上校反驳说。他伸手想要抢福格先生的牌，还不忘加一句：“您根本不懂玩牌。”

“或许我更擅长别的。”福格先生说着站起身来。他准备和普罗科托上校好好打一架。

“我奉陪到底！”那个粗暴的家伙回嘴。

阿乌达夫人脸色煞白。万事通已经准备好扑向普罗科托上校。菲克斯站了起来，走向普罗科托上校，对他说："您的对手是我。先生，您不仅侮辱了我，还打了我！"

"菲克斯先生，"福格先生说，"我请您原谅，但是这件事，只与我有关。"

"随时随地随您高兴，"普罗科托上校回答，"来吧，想用什么武器都行！"

"先生，"福格先生对他的对手说，"我急着返回欧洲。我有一个赌局在身。"

“哦！这跟我有什么关系？”普罗科托上校傲慢地回答。

“您愿意和我相约六个月后见吗？”

“为什么不说六年？这一切都是托词！”普罗科托上校大喊，“要么就现在，要么就拉倒。”

“好，”福格先生问，“您到纽约吗？”

“不到。”

“到芝加哥？”

“不到。”

“到奥马哈？”

“不到！您知道普鲁姆河吗？”

“不知道。”福格先生回答。

“就是下一站。火车一小时后到达那里，会在那里停十分钟。我们可以在那里决斗。”

“就按你说的办。”福格先生回答。

说完，福格先生回到车厢，和往常一样沉着冷静。他请菲克斯为决斗做见证人。菲克斯同意了。福格先生又开始打牌，镇定自若地打出了那张他一直想出的牌。

晚上十一点钟，火车头的汽笛声昭示着普鲁姆河站已经不远了。

福格先生起身向过道走去，菲克斯跟在后面。万事通手上拿着一对手枪。阿乌达夫人待在车厢里。

这时，另一节车厢的门打开了。普罗科托上校也出现在过道上，身后跟着他的见证人。正当两个人要下车时，列车长跑了过来，对他们喊道：“这里不能下车，先生们。”

“为什么？”上校问。

“我们晚点了二十分钟，火车不停靠。”

“但是我要和这位先生决斗。”

“我很抱歉，先生们。”列车长说，“虽然你们不能下车决斗，但是你们可以在最末一节车厢里决斗！”

“这可能会给福格先生带来不便！”普罗科托上校说。

“恰恰相反，这正合我意。”福格先生回答。

两个对手和两个证人跟着列车长，经过一节又一节的车厢，来到最末一节。

列车长问这节车厢的旅客，是否愿意把地方腾出来给两位绅士，他们要解决一桩有关荣誉的事情。

旅客们很愿意给两位绅士行个方便，他们退到了车厢外的过道上。

这节车厢长十五米，非常适合决斗。两个对手可以在车厢两端自由走动、开枪。

福格先生和普罗科托上校每人拿着两把手枪，走进车厢。菲克斯和另外一位见证人站在门外。

等火车头发出第一声汽笛时，他们就会互相开火。然后，大家进来，再把两人之中倒下的那位抬走。

大家静静地等待着汽笛声。这时，突然响起一阵野蛮的吼声，伴随着噼里啪啦的轰响声，但并不是最末一节车厢里发出的。原来是一群印第安人袭击了火车。

车上的旅客们也几乎都配有手枪，他们纷纷开枪回击。

列车在离基尼站不到一百步的地方停下来了。这里有一个美国兵营，驻扎着很多士兵。士兵们听到了枪声，立即赶了过来。还没等他们到来，印第安人便全都逃跑了。

旅客们都下了车，在清点人数时，他们发现有三名旅客消失了，其中包括万事通。

他们在战斗中被打死了吗？还是被印第安人抓走了？

十三、坐雪橇赶往火车站

“不管是死是活，我都要找到他。”福格先生一字一句地对阿乌达夫人说。做出这个决定，福格先生等于宣布了自己的破产。因为只要延误一天，他就赶不上去纽约的船，他就会输掉赌注。

指挥基尼堡的上尉手下约有百十来个士兵，他们已经做好了战斗的准备，以防印第安人直接进攻车站。

“先生，”福格先生对上尉说，“有三名旅客失踪了。”

“这很为难，先生。”上尉说，“我没法丢下我的堡垒去找他们。”

福格先生说：“可这关系到三条人命。”

“毫无疑问。不过，我不能丢下值守的岗位不管啊。”

“行吧，”福格先生说，“我自己去！”

“不，您不能独自去！”上尉大声说，他被感动了，“您有一颗善良的心！我会给您三十个意志坚定的士兵！他们陪同您去营救。”

“谢谢，上尉！”福格先生说。

“您允许我陪伴您吗？”菲克斯问。

“不，”福格先生回答他，“请您陪在阿乌达夫人身边。万一我遭遇了不幸……”

福格先生握住阿乌达夫人的手。他把自己的旅行袋交给她，便和三十个士兵出发了。

在出发前，他对士兵们说："我的朋友们，如果能帮我救出万事通，你们会得到一千英镑。"

夜晚零点刚过，阿乌达夫人走进火车站的一个房间，独自等待福格先生的消息。

时间一分一秒地过去，黎明的时候，还是没有万事通的下落。

上尉不知道该不该派第二队人马去支援福格先生。正当

他犹豫不决时，他的耳边响起了几声枪响。只见前方五百米远的地方，一小支队伍回来了。

福格先生走在前头。从印第安人的手里被解救出来的万事通和两名旅客，跟在他身边。

福格先生信守承诺，给士兵们分发了他答应过的一千英镑奖金。

菲克斯一言不发，他望着福格先生，内心五味杂陈。

万事通从回来后，一直在车站里寻找开往奥马哈的火车，希望能弥补丢掉的时间。

“火车，火车！”他喊道。

“开走了。”菲克斯回答。

“下一班火车，什么时候来？”福格先生问。

“只有等到今天晚上。”

“哦！”沉着冷静的福格先生只是这么应了一声。

福格先生因为救万事通，耽误了十二个小时，很可能会面临破产了。

这时，菲克斯说：“我有一个好的办法。”

“难道要步行吗？”福格先生问。

“不，坐雪橇，”菲克斯回答，“坐带帆的雪橇。”

菲克斯带着福格先生走进了一间茅草屋。在屋子里，他们见到了这种奇特的交通工具。它像车的底架搭在两根长木条上，上面可以坐五到六个人。在底架上竖着一根高耸的桅杆，系着一张很大的帆。

菲克斯对福格先生的看法已经有所改变，但他仍然决定履行自己的职责。他要把福格先生带回伦敦警察局，在此之前他会为他排除一切障碍。

早上八点钟，雪橇准备好出发。福格先生一行人裹着他们的旅行毯子，紧紧地挨在一起。

两面大帆高高挂起，在风的推动下，雪橇以每小时六十四公里的高速行驶着。

万事通心里很感谢菲克斯。他没有忘记，正是菲克斯亲自搞到了这带帆的雪橇，而这是在有效时间内赶往奥马哈的唯一方法。

正当万事通胡思乱想时，雪橇在雪地上飞驰。有时候，他们能看到一群群受惊的野鸟飞了起来。还有时候，他们看到狼成群结队，和雪橇赛跑。万事通拿着手枪，时刻准备向最接近的狼开枪。

不到一小时，雪橇停了下来，他们到达了奥马哈。这里几乎每天都有很多火车开往芝加哥。万事通和菲克斯跳下雪橇，晃动着他们冻僵了的四肢。大家一起奔向奥马哈火车站。

第二天下午四点，他们到达了芝加哥。芝加哥和纽约之间有一千四百多公里。福格先生迅速地换乘到另一列火车。火车迅疾出发了，它好像知道这位可敬的绅士没有多少时间可以浪费。

12月11日，晚上十一点一刻，火车停靠在车站。他们下了火车之后直接往码头走去，到了码头才得知，开往英国的邮轮在四十五分钟前开走了！

万事通心灰意冷，就差了四十五分钟。这是他的错，他不仅没有帮到福格先生，还不断给他增添麻烦！

可是福格先生丝毫没有责备他。在离开越洋邮轮码头时，他说："明天再说吧，跟我来。"

他们在百老汇大街上找了一家酒店休息。

第二天是12月12日。从早上七点起，距离福格先生约定赶到革新俱乐部的时间，还剩九天十三个小时又四十五分钟。福格先生独自一人离开了酒店，来到了港口。这里停着的大部分是帆船，不合适跨洋航行。

这时，他看到两百米远的前方，有一艘螺旋桨商船停泊着。那艘船造型精巧，烟囱冒着滚滚烟雾，表明正准备起航。

福格先生叫来一条小艇，靠近了这艘商船。船身是钢铁的，而上面高高耸起的部分是木质的。

福格先生想要见船长。船长斯皮迪很快露面了。这是一个五十岁的男人，不太好相处。他要了每人二千美元的高价。

这的确是漫天要价，福格先生没有其他办法。他回到了酒店，把伙伴们都叫上出发。

十四、福格先生亲自掌舵

12月13日，福格先生登上了商船。

一上船，福格先生就发现，整个船组人员和船长的关系很僵。于是，福格先生用金钱收买了船员，要求他们帮忙把船长关起来，再把船直接开到利物浦。船组人员都同意了。福格先生取代了斯皮迪船长，操控起了整艘船。

船的航行状况很好，至于船长斯皮迪，他在自己的船舱里愤怒地吼叫，而万事通负责给他送食物。不论他多暴躁，万事通还是耐心地对待他。

12月16日，从伦敦出发以来的第七十五天。船还有几天就能再次回到英国了，这一天，船上的机械师从锅炉房来到了甲板。

“先生，”机械师找到福格先生，说，“船上的煤只够去波尔多，没有足够的煤到利物浦了！”

福格先生思考了一下，对他说：“增加火力，继续向前开，直到煤炭全部烧完。”

福格先生找到被关起来的斯皮迪船长。

“我们在哪儿？”斯皮迪船长先开了口。

“离利物浦一千四百多公里。”福格先生带着一贯的冷静回答。

“你这个海盗！”斯皮迪船长喊道。

“先生，”福格先生又说，“我想请您把这艘船卖给我。”

“不行！见鬼去吧，不行！”

“因为我很快就不得不烧掉它。”

“烧掉我的船？”

“是的，至少烧掉上层，因为我们缺乏燃料。”

“烧掉我的船！”斯皮迪船长大喊，“这艘船值五万美金。”

“这里是六万美金！”福格先生回答，给了船长一沓钞票。

船长看到眼前的这些钱，瞬间忘了他的愤怒。

“留下铁壳船身。”船长平静地说。

“好的，我会留下船壳和机器，先生。一言为定？”福格先生说。

“一言为定。”

斯皮迪船长抓住那一沓钞票，数了一遍，塞进口袋里。

面对这个决定，万事通脸色惨白。至于菲克斯，他险些喷出一口血，他认为福格先生把银行盗窃来的钱几乎花光了。

12月19日，他们把桅杆、桅架、圆木材用作燃料烧掉了。他们很快就能到达利物浦了。

12月20日，这艘可怜的船只剩下一个空壳。下午的时候，大家看到了爱尔兰海岸。

“啊！”福格先生叫了一声，“我们眼前灯火辉煌的就是皇后镇呀！”

“是的。”斯皮迪船长回应。

“我们可以进港吗？”

“下午三点之前不行。只能等涨潮。”

“那我们就等吧。”福格先生平静地回答，此时距离利物浦只需不到一天的时间了。

12月21日中午，福格先生一行人终于在利物浦的码头上了岸。到伦敦只需要六小时。

但就在这时，菲克斯走了过来，一手搭在福格的肩上，拿出了逮捕令。

“您就是费雷亚斯·福格先生吧？”他说。

“是的，先生。”福格先生很疑惑地看着菲克斯。

“以女王的名义，我逮捕您！”菲克斯说。

十五、误会解除

就这样，菲克斯逮捕了福格先生。福格先生被关押在利物浦海关大楼里，第二天会被转送到伦敦。

万事通扑向菲克斯，想阻拦他，却被几名警察拦住了。阿乌达夫人惊呆了，万事通向她解释了情况。无论如何，阿乌达夫人都深信福格先生是清白的。

菲克斯逮捕了这位绅士，这是他身为警探的职责。

至于福格先生，他在12月21日中午到达利物浦，到伦敦只需要六个小时。他完全能在赌约时间之前到达革新俱乐部，如今他被关起来了，第二天才能回伦敦。福格先生输了。

他在房间里坐着，从皮夹子里拿出他的旅行路线。在线路图上写下这么几个字：

“12月21日，星期六，利物浦”。

此时，海关大楼下午一点钟的钟声敲响了。下午两点钟有一班火车！如果能坐上这趟火车，还来得及在晚上八点四十五分之前赶到革新俱乐部。他的眉头稍稍皱了起来……

下午两点三十三分，外边响起了一个声音，是房门打开时的咯吱声。门口传来了万事通和菲克斯的声音。

房门打开了，福格先生看到阿乌达夫人、万事通和菲克斯奔向他。

“先生，”菲克斯上气不接下气地说，“先生……对不起……实在太像了……三天前窃贼被抓住了……您……自由了！”

福格先生自由了！他向菲克斯走去，面对面盯着他，然后用两个拳头捶了一下倒霉的警探。

“干得漂亮！”万事通大喊，他又加了一句，“老天开眼！这才是英格兰拳头最好的应用方式！”

菲克斯跌倒在地，一句话也没说。

福格先生、阿乌达夫人、万事通马上离开了海关。他们跳上一辆马车，几分钟后，他们来到利物浦火车站。

这时是下午两点四十分，快车是在三十五分钟前开出的。于是福格先生预订了一个专车前往伦敦。但是，根据车站的规定，专车在三点之前不能出站。

三点钟，专车准时出发了，从利物浦开往伦敦。当福格先生到达伦敦的时候，已经是晚上八点五十分。福格先生完成了这次环球旅行，却迟到了五分钟！

他输了。

十六、时间多了一天

三人失落地回到位于萨维尔街的家里，福格先生打赌输了，这意味着他破产了。

福格先生坐在壁炉旁边的椅子上，抬起眼睛看着阿乌达夫人。

“夫人，”他说，“您能原谅我把您带来英国吗？”

“福格先生，我……”阿乌达夫人回答。

“请您让我把话说完，”福格先生说，“我本想把您带离那个地方，我当时有钱，我想着可以将一部分财产供您使用。可是现在，我破产了。”

“我知道，福格先生，”年轻女人回答，“现在轮到我要问您：您能原谅我跟随您，可能还拖累了您，让您迟到而破产吗？”

她紧接着说：“您不仅把我救出来，还认为自己有责任保证我在伦敦的处境吗？”

“是的，夫人，”福格回答，“我目前还剩下的一点钱，想留给你。”

“但是，福格先生，您怎么办？”

福格先生冷静地回答：“我什么都不需要。”

“您的父母……”

"已经不在了。"

"福格先生，"阿乌达夫人说着站起身来，伸出手，"您愿意同时得到一个亲人和一个朋友吗？您愿意娶我作为您的妻子吗？"

福格先生听到这话，也站了起来。他的眼里闪着光芒，嘴唇也在微微颤抖。阿乌达夫人望着他。她目光中的真挚、正直、坚定和温柔令福格先生震惊。

接着，福格先生闭了一会儿眼睛，当他再次睁开眼睛时，不禁脱口而出："我爱您！"福格先生说，"是的，千真万确，以世上最神圣的一切发誓，我爱您，我的一切都属于您！"

福格先生把万事通叫了进来。万事通看到他们手牵在一起，一下就明白了，他露出了他最好的微笑。

福格先生问他，去通知教堂的牧师举办婚礼，是不是太晚了。

"永远不会太晚。"万事通说，"就定在明天，星期一吧！"

当时才晚上八点零五分。

"定在明天，星期一？"福格先生问，望着年轻女人。

"就明天，星期一！"阿乌达夫人回答。

万事通一溜烟地跑了出去。

万事通大步奔向牧师的住所。在和牧师简单沟通后，他疯狂地往家里赶去。他跑啊、跑啊，从来没见过这样奔跑的人，他撞翻了行人，像一阵龙卷风一般刮过人行道！

三分钟之内，他回到了萨维尔街的房子，上气不接下气地站在福格先生的房间里。

他喘得说不出话来。

“怎么啦？”福格先生问。

“主人……”万事通结结巴巴地说，“……结婚……不可能。”

“不可能？”

“为什么不可能？”

“为什么？”

“因为明天是星期天。”

“星期一。”福格先生回答。

“不是……今天……是星期六。”

“星期六？不可能！”

“是的，是的，是的，是的！”万事通嚷嚷道，“您搞错了一天！我们提前二十四小时到达了……但是只剩下不到十分钟了！”

万事通说完推着福格先生往外走。他们跳上一辆马车，答应给车夫一百英镑，途中撞到了五辆车，终于到达了革新俱乐部。

俱乐部这边呢，这天晚上，福格先生的五个牌友从早晨九点钟开始，就在革新俱乐部的大厅里等着福格先生的到来。

正当大厅的时钟指着晚上八点二十五分的时候，斯图亚特站起来说：“先生们，再过二十分钟，福格先生和我们之间约定的期限就到了。”

“我们赢定了，先生们。”斯图亚特接着说。

拉尔夫回答：“明天，我们只要去银行，递上福格先生的支票。”

这时，大厅的钟指在八点四十分。

“还有五分钟。”斯图亚特说。

五位牌友相信，他们完全可以赢得这场赌局。他们的心跳加速了！

指针指向八点四十二分。

他们继续玩牌，但是，他们的目光没有一刻不盯着钟。

“八点四十三分。”

“八点四十四分！”

再过一分钟，赌局就赢了。他们放下了手中的牌！他们数着秒数！

四十秒，没人来。五十秒，还不见人影。

五十七秒，大厅的门打开了。福格先生出现了，后面跟着狂热的人群，堵在俱乐部的门口。

福格先生用平静的声音说：“先生们，我来了。”

福格先生在八十天内完成了环球之旅！

但是，如此细心的福格先生怎么会搞错日期呢？

原因很简单。

福格先生自己也没想到多了一天，因为他是从东出发去环游地球的，要是他往西走，就会反过来失去一天。

的确，福格先生往东走，迎着太阳，所以，他在这个方向上每越过一条经线，就提前了四分钟。地球一共有三百六十条经线，乘以四分钟，就刚好是二十四小时。也就是说，他在不知不觉中赚了一天。

因此，福格先生赢了两万英镑。

第二天，天还蒙蒙亮，万事通就砰砰地敲响主人的房门。

淡定自若的福格先生打开门。

“怎么了，万事通？”

“是这样，先生！我刚刚才明白过来……”

“明白什么？”

“明白我们只用了七十九天就环游了地球。”

“有可能。”福格先生回答，“如果没有穿越印度的话，我就没法救下阿乌达夫人，她就不会成为我的妻子……”

福格先生平静地关上了房门。

福格就这样赢得了这场赌局。他在八十天内完成了这场环球之旅！为此，他动用了所有的交通工具：邮轮、火车、马车、游艇、商船、雪橇，还有大象。他从这次旅途中得到了什么呢？

美丽的阿乌达夫人，这次环游世界让福格先生成了全世界最幸福的男人！

但是，没有这些，难道就不去环游地球了吗？

海底两万里

希望强大的潜水艇能战胜海洋中最可怕的漩涡

一、海中怪物

1866年，海上出了一桩怪事。各国都在讨论，从宫殿里的国王，到海边的水手，大家都在说这件事。好些大船在海上碰到了一只怪物，它比鲸鱼大得多，在不断攻击船只。

听说这件事时，我正在美国做一项研究。我是法国巴黎自然史博物馆的一名教授，大家叫我阿罗纳克斯教授。我写过一本书，叫《大洋海底的奥秘》，并因此成了自然史领域的专家。

当时人们有两种假设：1. 这是一只力量巨大的怪物；2. 这是一台动力极强的潜水艇。

我个人认为，它倒更像是一头独角鲸。我的观点得到了很多人的认可，因为当时还没有这么强大的潜水艇。

美国政府准备开展一场针对独角鲸的大追捕行动。因为有人在北太平洋上又看到了它。

执行这场追捕行动的驱逐舰名为“林肯号”，船长是法拉古特。他的船已经装好了粮食、燃料和各种装备。

我本来打算5月回到法国，但我收到一封信，上面这样写着：

巴黎自然博物馆教授阿罗纳克斯先生

第五大道酒店

纽约

先生：

如果您愿意加入“亚伯拉罕·林肯号”的远征，合众国政府将欣然看到您代表法国加入这项事业。法拉古特船长已经为您准备了一间舱室。

致以最真切的敬意！

海军部秘书

J.B. 霍布森

在收到信之前，我来美国的目的是穿越美国这片大陆，而不是抓捕这只独角鲸。但作为一个博物学家，我收到信时非常激动。我要见识一下这头独角鲸。

“孔塞伊！”我用焦急的声音喊道。

孔塞伊是我的随从。一个忠诚的小伙子，在我所有的旅途中都陪伴着我。他也有丰富的博物学知识。

“先生叫我吗？”孔塞伊来了。

“是的。准备一下，我们立刻动身。”

“先生的收藏品呢？”孔塞伊问。

“我们把它寄存在酒店里。”

一刻钟之后，我的几个行李箱就全备好了。

我们的行李很快就被运到了船上，我抓紧时间登了船，找到了法拉古特船长。

“皮埃尔·阿罗纳克斯先生？”他问我。

“正是在下。”我回答，“您是，法拉古特船长吗？”

“是我。欢迎您，教授先生。您的客舱已经为您准备好了。”

我来到了自己的客舱。法拉古特船长一刻都不想耽搁，他叫来船上的工程师。

“压强够了吗？”他问工程师。

“够了，先生。”工程师回答。

“出发！”法拉古特船长高声说。

码头挤满了人。“林肯号”出发时，成千上万条手帕在密集的人群上方挥动，向“林肯号”致敬。晚上8点，“林肯号”开足马力，驶出港口，全速航行在大西洋海面上。

法拉古特船长是一名优秀的船长，船员们都相信他一定能带领大家杀死这头独角鲸。

法拉古特船长还准备了两千美元的赏金，奖励第一个发现怪物的人。大家都想成为这个人。

法拉古特船长信心十足，因为“林肯号”上有很多先进的武器。而且他还有一个更强的“武器”：尼德·兰德，一名传奇的捕鲸之王。

尼德是加拿大人，身材高大，敏捷勇敢。他不爱与人打交道，脾气暴躁。他的视力非常好，就像一架高能望远镜，同时他又是一架随时准备发射的大炮。

二、驱逐舰被怪物击败

“林肯号”在大海上平稳地航行着。

6月30日，船员发现了一条鲸鱼，但不是那头独角鲸。

船长安排尼德追捕这条鲸鱼，尼德用鱼叉一下子就扎入鲸鱼的心脏！动作迅疾到令人目瞪口呆。从此，船上的人都非常信任这位加拿大人。

毫无疑问，如果怪物遇上尼德的鱼叉，那它也只能凶多吉少了！

7月7日，“林肯号”来到了太平洋。

7月20日，我们越过了南回归线。

27日，我们又过了赤道。

驱逐舰一直向西驶去，向太平洋中心海域进发。一路上，船桅边总是挤满了水手，大家都盯着海面，为了那两千美元的奖金，没有人嫌甲板热得烫脚。

我也每天只花几分钟吃饭，几小时睡觉。不论日晒雨淋，我都不离开甲板。

三个多月过去了，“林肯号”跑遍了太平洋北部所有海面，从美国海岸到日本海岸都搜了个遍，但是什么收获都没有！

11月2日，大家都非常失望。

法拉古特船长要求大家再耐心地等上三天，如果三天之内，怪物还不出现，那么“林肯号”就离开这片海域向欧洲海岸进发。

在接下来的三天里，我们的船低速前行，船员把大块大块的腊肉拖在船后，吸引独角鲸。最后，那些腊肉都便宜了鲨鱼。

到了11月5日，仍然一无所获。

船长信守承诺，决定放弃了。

驱逐舰在一片失落和沉默中，掉转方向。

突然，尼德喊了起来：“看哪！我们找的那个东西，就在那里！”

全体船员都朝尼德跑去。船长、军官、水手长、水手、见习水手，还有离开机器的机械师、扔下锅炉的锅炉工，所有人都跑了过去。

我的心在剧烈地跳动。这时天已经黑了，海面上有一个很大的影子，海水似乎从下面被照亮了。

“你们快看，它在移动！它向我们冲来了！”我叫道。

驱逐舰上发出一阵惊叫。

“安静！”法拉古特船长说，“上风舵！满舵！倒航！”

水手们冲向舵柄，机械师们冲向他们的机器。一个急刹，“林肯号”向左转，在海面上划了一个半圆。驱逐舰的第一反应是想逃离，可是那神奇的动物以更快的速度追了过来。

我们手忙脚乱，累得上气不接下气。

和独角鲸相比，“林肯号”在速度上完全无法比拼，索性降低了航速，不再逃跑了。全体船员一声不吭，做好了战斗的准备。

这头怪物在远处蓄积力量，然后突然以惊人的速度冲向我们。

相撞随时可能发生，这对我们来说是致命的。

在冲到离侧舷20英尺[1]的时候，它突然停了下来，光亮一下就消失了！就像一只巨大的萤火虫，突然“熄灭”了。

法拉古特船长、尼德和我，我们站在甲板上看着黑暗的海面。

我说：“您对这动物的属性没有任何疑惑了吧，船长？”

“没有了，先生，这是一头巨大的独角鲸，一头通电的独角鲸。”

“只要我离它四鱼叉之内，”尼德说，“我就要把我的鱼叉刺入它的心脏。”

凌晨2点钟左右，这光源又出现了，发出同样强烈的光，它就在“林肯号”的上风5海里处。虽然隔着一段距离，有风声和浪声，我们还是能清楚地听到那个动物尾巴的搅水声，还有它的喘息声。

大家一直保持警戒到天亮，每个人都做好了战斗的准备。各种捕鱼器械都摆放好了。尼德在那里磨他的鱼叉，那是他手里最可怕的武器。

6点，天色亮了起来，独角鲸的亮光也被淹没了。

1　英尺：1英尺约为0.3米。

7点，天已经完全亮了，海上起了很大的雾。

8点，海面渐渐明朗起来。

突然，尼德的声音响了起来。

“那东西，在左舷后面！”尼德喊道。

大家的目光都转向他手指的方向。它在那里，距离驱逐舰一海里半左右的地方。

我们的船缓慢地靠近了它。

我观察了一下，它的长度，应该有250英尺长；它的宽度……宽度很难看得出来。

船上人员焦急地等待着船长的命令。

船长仔细观察了这头动物，叫来机械师。

“先生，”船长说，“气压足了吗？”

“足了，先生。”机械师回答。

“好，增大火力，全速前进！”

“林肯号”开得更快了，以每小时18.5海里的航速行驶着。可是那该死的独角鲸也以每小时18.5海里的速度游动着。我们怎么也追不上它，这对美国海军速度最快的战舰来说，简直是一种耻辱。

船长又把机械师叫了过来。

“您已经把压力加到最大限度了吗？”船长问道。

“是的，先生。”机械师回答，“都加到了六个半大气压。”

“把它们加到十个。”

阀门都充满了蒸汽，锅炉里也加满了煤，“林肯号”加快了速度，桅杆都在颤抖。

“我们追上它了！我们追上它了！”尼德喊道。

可是，在他准备投鱼叉时，这头鲸鱼又立马以30海里每小时的速度逃跑了。

到了正午时分，我们还是没有追上这头鲸鱼。

法拉古特船长决定采用更为直接的方法。

一位胡子花白的老炮手走了出来，从容地给船头的加农炮装上了炮弹并瞄准了目标。

炮弹发射了出去！

炮弹击中了！它打到了怪物！但是，那发炮弹却立刻从它滚圆的表面滑入海里。

“啊！这！”老炮手怒气冲冲地说，“这浑蛋身上一定是装配了6英寸[1]厚的铁甲！”

过了一会儿，这头鲸鱼消失了，直到晚上10点50分，它又出现了，亮着跟昨日一样的电光，就趴在上风口3海里外的地方，看起来似乎一动不动。

“林肯号”放慢了速度，小心地靠近它。

我们离它越来越近了。与此同时，我看见尼德站在船头。他一手拉着支索，一手拿着他的鱼叉。

突然一下，尼德奋力将鱼叉投了出去。“当！”我听到了响亮的声音，像是撞上了一个坚硬的躯壳。

它的光熄灭了。

突然，它喷出两股巨大的水柱，那水柱向驱逐舰席卷而来，甲板上的人全被掀翻了。

1　英寸：1英寸为2.54厘米。

接着是狠狠的一下撞击，我来不及站稳，落到了海里。

海水把我的衣服浸湿了，衣服非常重，我在下沉！

“救命！救命！”这是我发出的最后呼声。

突然我的衣服被一只很有力的手拉住，孔塞伊把我托出了水面。

孔塞伊拔出一把小刀，伸进我的衣服下面，从上到下迅速一刀划开。脱掉了衣服，我一下子就轻松了许多，我们继续肩并肩地游着。

孔塞伊说驱逐舰被撞得自身难保，我们只能指望有救生艇出现了。

海面一片漆黑，我们已经游了快三个小时。我感到非常累，四肢开始变得僵硬。至于救生艇，一艘也没有！

我想要呼喊，但肿胀的嘴唇发不出一点声音来。

“救救我们！救救我们！”孔塞伊还能吐嗦出几个字来。

突然，我们听到有声音。这个声音越来越近，但是我已经筋疲力尽，连握拳的力气都没了，我晕厥了过去，开始往下沉……

这时，一个坚硬的躯体撞上了我。我本能地抓住了它。

我感到有人把我重新托到水面上，我很快就恢复了意识。我微微睁开眼睛，看到了两个人影。除了孔塞伊，还有一个人，我立刻认了出来。

“尼德！”我叫道。

“正是我，先生！”尼德回答。

“我们现在在哪儿？”我问道。

“在那头独角鲸上。”尼德回答，“我知道为什么我的鱼叉不能伤到它了。”

“为什么？尼德，为什么？”

“因为这头独角鲸是钢板制造的！教授先生！”

尼德的话打翻了我之前的观点，这不是一头独角鲸，它是一艘超级潜水艇，我们现在正躺在这艘潜水艇的背上。

“这艘潜水艇没动过？”我问道。

“没有，阿罗纳克斯先生。它一直在随波逐流。”

凌晨4点钟左右，它的速度加快了。海浪如同鞭子一般抽打在我们身上，我们待在潜水艇的顶部，这儿像个平台。我很好奇这艘超级潜水艇里面，究竟有什么？

终于，天快亮了。正在我想要仔细观察船体的时候，我感到它开始逐渐下沉。

“欸！见鬼了！”尼德用脚蹬着潜水艇的顶部，大叫，“你们这些不好客的航海家，开门啊！”

突然，一块钢板掀了起来，一个人伸出头来。他看见我们三个，怪叫了一声，又立即盖上钢板。

过了一阵，钢板又掀开了，八个身材高大的蒙面男子出现了，一言不发，把我们拖了进去。

三、沦为“鹦鹉螺号”的囚徒

我们三人被关进了一个小房间，周围一片漆黑。

尼德很暴躁。我摸索着站起来，开始走动，马上就撞到一面铁墙。这墙是用螺栓钉起来的。我转过身去，又撞上了一张木桌。

不知过了多久，周围还是一片漆黑。

突然，我们的房间变得光明敞亮。

“终于看清楚了！”尼德大声说，他手里拿着刀，摆出防卫的姿态。

光亮终于让我能看清这个房间里最小的细节，屋里只有一张桌子和五张椅子。门关着，我们听不到任何声响。

突然，门开了，两个人走了进来。他们头戴海獭皮贝雷帽，脚穿海豹皮防水靴，身上的衣服也是特殊材质的。

这两人中的一个走过来，极其仔细地观察我们，一声不吭，然后转向他的高个子伙伴，用一种我们听不懂的语言和他交流。

这个高个子显然就是船长，我尝试用法语和他们交流，但他们看起来听不懂我说的话。

“来吧，轮到您了，”我对尼德说，“你用英语再讲一遍。”

尼德把我讲的用英语又讲了一遍，他说得生动又热切，还强烈地抱怨了被囚禁的事。可是他们还是沉默。

随后，孔塞伊用他的德语又讲了一遍，他们还是听不懂。

最后，我只好把我当初学的那一点拉丁语拼凑起来又说了一遍。

他们还是听不懂，直接离开了。

门重新合上了。

过了一会儿，门又打开了，一个侍卫走了进来。他给我们送来了衣服，是上装和裤子，都是用我不认识的料子做成的。

他再次进来时带来了食物。餐具上带着一个有题铭的纹章图案，上面写着："动中之动！"

尼德和孔塞伊没有想那么多。他俩狼吞虎咽，我也吃了起来。这时，我也对我们的命运稍微放心了，至少，船长并不想让我们活活饿死。

我们吃饱之后，强烈的睡意就向我们席卷而来。我和两个伙伴躺在船舱的地毯上，很快就睡着了。

等我再次醒过来的时候，船舱内空气变得十分稀薄，我不得不加快我的呼吸频率。

突然，一股清新而带有盐味的气流吹进了牢房，我顿时感觉神清气爽。这是海风，我赶紧张大了嘴巴用力呼吸。

尼德和孔塞伊就在这新鲜空气的刺激下，几乎同时醒了过来。他们揉了揉眼睛，伸了伸胳膊，立刻就站了起来。

"先生睡得好吗？"孔塞伊问我。

"非常好，我的好小伙儿。"我回答道，"您呢，尼德先生？"

"相当好，教授先生。但不知道是不是搞错了，我好像感觉嗅到了一阵海风？”

“是的，潜水艇又回到海面换气了！”

“这正是我们越狱的时候。”尼德说。

“从一座陆地上的监狱里越狱已经很难了，从‘海上监狱’逃出去，在我看来就更不可能了。”孔塞伊说。

尼德没有说话。两个小时过去了，尼德暴躁了起来。他开始大吼大叫，但也只是徒劳，因为钢板墙是隔音的。

正在这时，金属地板上响起了脚步声。

锁打开了，门也开了，侍者出现了。

尼德立马冲了过去，他把侍者推翻在地，卡住他的喉咙。侍者在他有力的手下透不过气来。

孔塞伊前去劝架，我正要上前去帮他。突然，我听到几句法语：“消消气吧，尼德先生，还有您，教授先生，请听我说！”

说这话的正是船长。

听到这话，尼德站了起来。那个侍者看到船长的手势后，跌跌撞撞地走了出去。这位船长在这里就像是一位君王，他倚在桌角上，双臂交叉抱着，聚精会神地观察着我们。

过了一阵，船长又说话了。“先生们，”他用一种平静而又有震慑力的声音说，“你们之前叙述了四遍经历，听起来的确毫无出入，这使我确认了你们的身份。巴黎博物馆自然史教授——皮埃尔·阿罗纳克斯先生、他的随从——孔塞伊，还有‘林肯号’的捕鲸手——尼德·兰德。”

船长接着说：“那天发现你们在我船顶的时候，我一直在想应该如何处置你们。真的非常犹豫，因为我已经决意与人类断绝关系，你们的到来扰乱了我的生活……”

“我们也是无意的。”我说。

“无意的？”船长提高了一点声音，“‘林肯号’的炮弹打到我的船身上，也是无意的？尼德的鱼叉攻击我，也是无意的？”

这个问题把我难住了，因为的确是“林肯号”先炮轰了潜艇。

“先生，所以您应该能够理解，”船长继续说，“我有权把你们当作敌人看待。”

我无言以对。

“我犹豫了很久，”船长继续说，“我把你们放回这艘船顶部的平台上，我潜入海里去，就当我没有救过你们，这难道不是我的权利吗？”

“这是一个野蛮人的行为。”我回答，“这不是一个文明人的做派。”

“教授先生，”船长立刻反驳道，“我不是您所谓的什么文明人！我和整个社会已经决裂了。”

经过相当长的沉默之后，船长又说话了。

“所以我又想，”他说，“既然救了你们，你们就待在这里吧。但是我有一个条件。”

“您请说，先生。”我回答。

“你们可以自由地在船里走来走去，但不得离开这艘船。您接受这个条件吗？”

“那我们要永远放弃与朋友和父母、亲人再会吗？！”我问道。

“是的，先生。”

“我永远不会承诺放弃逃跑的！”尼德大叫起来。

“先生，我们有过交战，你们是我的战俘！我之所以收留你们，我要保护的并不是你们，而是我自己！”

船长心意已决，他不愿让人发现这艘潜艇的存在。

“因此，先生，”我说，“您给我们的选择是：生存或毁灭？”

“是这样。”

然后他用一种更柔和的声音说：“教授先生，请让我告诉您，您不会后悔在我船上度过的时光的。您是一位博物学家，您即将看到您从未见过的东西，我将会把地球上最大的秘密展现在您的眼前。”

听到船长这些话，我根本没办法拒绝。我是一位博物学家，能看到海底的世界，那是多么幸运的事情啊！我对科学的热爱，可以让我暂时放弃自由。

“我该怎么称呼您？”我问。

“先生，”船长回答，“对您来说，我只是尼莫船长，你们对我来说只是‘鹦鹉螺号’的乘客。”

这应该是一个化名。

尼莫船长喊了一声，一个侍者出现了。

然后船长回过头对我们说：“饭菜已经送来了。”

我们跟在尼莫船长的后头，一出舱门，就看见一条长长的走廊。在那里走了十来米，第二道门在我面前打开。

这是“鹦鹉螺号”餐厅的大门，里面的装潢和家具都非常好。尼莫船长指引我们入了座。

午餐有几道菜，都是海鲜，还有两道菜我叫不上名来，我想它们应该都出自海里。

“船长，您热爱大海吗？”我问。

“是的！大海对我来说，它就是一切！它覆盖着地球上十分之七的面积。可以说生命是从大海开始的！在陆地上，战争不断，人类甚至把战争转移到海上来。但在海面以下30英尺的地方，人类的力量消失无踪！啊！先生，在大海的怀抱里生活吧！独立只存在于这里！我不承认这里有什么主人！在这里，我是自由的！”

说到大海，尼莫船长的狂热从内心喷涌而出，一边说一边走来走去。然后，他停了下来，转身平静地对我说：

“教授先生，”他说，“你愿意和我一起去参观一下‘鹦鹉螺号’吗？”

“非常愿意！”我说。

四、参观神秘的“鹦鹉螺号”

设在餐厅后面的一道双扇门打开了，我跟着船长走进一个和餐厅差不多大小的房间。“鹦鹉螺号”居然有一个图书馆！书架上摆满了用各国语言写成的各种书籍，上面有许多物理学家、科学家、博物学家的著作。

当我看到那本《天文学的奠基者》时，我了解了：尼莫船长可能已经在海底生活了三年时间，因为它是1865年出版的。

“教授先生，”他说，“你可以随意利用这些书籍。”

“谢谢你！船长，”我对船长说，“这里有很多科学的成果，我会好好利用的。”

这时，尼莫船长打开了一扇门，进入一间宽敞的客厅，里面灯火通明。

这是一间四边形的客厅，大约长10米、宽6米、高5米，墙面是倾斜的。三十多幅大师油画装饰着墙壁，在角落里还有几座雕像。天然的艺术珍品，也占据了重要的位置，让我惊叹不已。这里有许多非常稀有的海盘车、海星、五角海百合，还有各种稀少的贝壳标本等，这些标本至少价值几百万。

“教授先生，我的贝壳标本的确能引起博物学家的兴趣。它们都是我亲手收集的，地球上没有一片海洋漏过了我的探索。”

接着，我跟着尼莫船长来到了为我准备的房间，有床、

卫生间和各种家具。

“您的房间和我的相连。”他一边对我说，一边打开另一扇门。

我走进船长的房间。房里看起来朴实无华，墙上挂着各式各样的仪器。

“先生，”尼莫船长指着墙上的那些仪器说，“有些仪器您是知道的，比如‘鹦鹉螺号’内部温度的温度计、测出天气的气压计、湿度计、风暴预测计、指南针——用来引导我的航向，六分仪——通过测量太阳高度帮我测算出我所在的位置。”

“这些都是先进的仪器，可是它们的动力来自哪里呢？”我问道。

“这个动力是电。”

“电！”我相当吃惊地喊道。

“是的，先生。”

“可是，目前全世界的电能都非常有限。”

“我的电完全来自大海。”

“向大海寻求？”

“是的，教授先生，您了解海水的成分。从一千克的海水中，可以提取96.5%的水，大约2.66%的氯化钠。还有少量其他的成分，我从海水中提取的正是这种钠，用它组成我所使用的元素。”

“钠？”

“是的，先生。和汞混在一起，就有取之不竭的电了。”

我继续跟随着尼莫船长，穿过一条条长廊，来到了潜水艇的中部，看见一架铁质的梯子通到顶端。

我问船长，这个梯子有什么用途。

“它通到小艇。”他回答。

“什么？您还有一条小艇！”我相当惊讶。

“当然。一条出色的小艇，很轻，不会沉没，可以用来兜风和钓鱼。”

穿过通往顶部平台的梯井之后，我看见厨房和食品储藏室，接着是船员住的地方。

没过多久，我们坐在了客厅的一张沙发上。船长拿出了一张图纸，上面有“鹦鹉螺号”的平面图和剖面图。

“鹦鹉螺号”由两层壳组成，一层在里面，另一层在外面。这两层壳板都是用钢板制造的，用T形铁连接，起到极好的加固作用。它的面积是1011.45平方米，体积是1502立方米。

“这艘潜水艇太棒了！船长，”我大声说，“但是黑夜中，舵手怎么能沿着水中的路线前进呢？”

“舵手待在一个玻璃驾驶室里，配有透镜玻璃。‘鹦鹉螺号’的灯能照亮500米海水的距离。”

“玻璃能承受得住深海的压力吗？”

“完全可以。玻璃只是在受到撞击时容易破碎，但有巨大的抗压力。”

“船长，”我说，“您的‘鹦鹉螺号’真是一艘神奇的潜水艇！”

“所以您之前是一个工程师咯，尼莫船长？”我继续问道。

“是的，教授先生，”他回答我，“我以前还是陆地居民时，曾在伦敦、巴黎、纽约学习过。”

“您是如何秘密地制造出‘鹦鹉螺号’的呢？”

“阿罗纳克斯先生，这艘潜水艇的每个部件，都是从世界各地收集过来的，而且我隐瞒了用途。我们在一个荒岛上把它组装好。造好之后，我们清除了在这个岛上留下的所有痕迹。”

“那么，这艘潜水艇的造价肯定不少吧？”

“‘鹦鹉螺号’的成本是168.7万法郎，加上装修费也就是200万法郎，连同船上的艺术品和收藏品，总共是四五百万法郎。”

“哇！所以您很富有咯？”我继续问道。

“富可敌国，先生。”

我不太相信船长的话，可能以后我就会知道是不是真的。

此时，气压计显示“鹦鹉螺号”在不断地上升。

“我们到达水面了。”船长说，“先生，请和我一起到平台上看看。”

我走向中央梯子，爬到了“鹦鹉螺号”的顶部。

海面美不胜收，天空清澈纯净。我们什么也望不到。没有礁石，没有小岛，也没任何船只。

尼莫船长手里拿着六分仪，在测太阳的高度，这样他就可以判断“鹦鹉螺号”所在的位置了。

“阿罗纳克斯先生，以巴黎子午线为准，我们眼下位于西经137° 15′ ……”

11月8日，在距离日本海岸约300海里的地方，我们的探索之旅正式开始了。

我们回到了船内，“鹦鹉螺号”开始下沉。

海水被电光照得通明透亮。在“鹦鹉螺号”周围一海里的范围内，大海清晰可见。多么壮观的景象啊！

145米深的水里，可以清晰地看到海底的沙床。“鹦鹉螺号”穿越这片海域时，海水看起来不再是发光的水，而是流动的光。

我们倚在窗玻璃前，赞叹不已，孔塞伊说：“尼德老兄，您感觉怎么样？”

“稀奇！太美了！”尼德说，好像已经完全忘了他的愤怒和逃跑计划，“能看到这样的奇观，就是再远，我也要来！”

两个小时里，一整支水族大军给“鹦鹉螺号”护航。它们在嬉戏、跳跃，竞相媲美，互相攀比着亮光和速度。我们观赏着这些鱼，惊叹连续不断。尼德报出鱼名，孔塞伊给出分类。

墙上的气压计显示有5个大气压，代表我们在水下50米，电航速表指明每小时行驶15海里。

现在已经5点了，我已经很久没见到尼莫船长了。我们都回到了各自的房间，晚餐已经准备好了。

吃完晚饭之后，我开始阅读、写作和思考。然后我困了，就躺在铺着大叶藻的床上睡着了。与此同时，“鹦鹉螺号”继续穿过激流前行。

五、奇异的海底狩猎

第二天，我从长达12小时的长觉中醒来。我穿上了一件牡蛎足丝衣裳。这衣服是用一种贝壳在岩石上吐出来的丝制成的，非常柔软又保暖。

我来到大客厅，大厅里面空无一人。

“鹦鹉螺号”的航向保持在东北偏东，航速12海里，深度在五六十米。

11月10日，我同样没有见到任何一位船员。

这一天，我开始写关于这场探险的日记。

11月11日，一大清早，“鹦鹉螺号”中充满了新鲜的空气。我知道“鹦鹉螺号”又回到海面换气了。我朝中央楼梯走去，登上顶部平台。

早晨的雾气在阳光的照射下逐渐消散。我在平台上还是没见到尼莫船长，我回到舱盖那里，通过纵向通道，回到房间。

五天就这样过去了，情况没有一点变化。每天早上，我登上平台，依旧看不到尼莫船长。

这一天，我同尼德和孔塞伊一起回到我的房间，桌上有一张写给我的便条。

这张字条上写着这样几句话：

阿罗纳克斯先生：

兹定于明天早晨在克雷斯波岛的森林举行狩猎，特邀请阿罗纳克斯教授参加。希望教授先生排除万难出席活动，若能携两位伙伴一同前往，吾不胜荣幸。

“鹦鹉螺号”指挥官

尼莫船长

于“鹦鹉螺号”

1867年11月6日

“狩猎！”尼德喊道。

“而且是在森林里！”孔塞伊补充说。

“所以他是要上陆地去了？”尼德又说。

“我觉得这上面说得很明白。”我重读了一遍信。

“好吧！必须接受。”尼德说，“一旦踏上陆地，我就要找机会逃跑。”

“即使尼莫船长有时候会去陆地上，”我对他们说，“他肯定选择荒无人烟的小岛！”

尼德点点头。

第二天醒来时，我感觉到“鹦鹉螺号”一动不动。

我穿上衣服来到客厅。尼莫船长向我打招呼，问我是否方便陪伴他同行。

“可以的，先生，”我加了一句，“我想冒昧问您一个问题，既然您已经和陆地断绝一切关系了，您怎么还会去森林狩猎呢？”

“教授先生，”船长回答我，“这座森林没有狮子、老虎、豹子。这不是一片陆地森林，而是海底森林。”

“海底森林？”我大声说。

“是的，教授先生。”

“走着去？”

“甚至连鞋都不会沾湿。”

“去打猎？”

“去打猎。”

“手里拿着枪？”

“手里拿着枪。”

我望着船长，我不敢相信他所说的话。人怎么可以在水里行走呢？

“教授先生，您应该知道，人只要带着氧气设备，就能在水下生活。”

“您说的是潜水服。”我大声说。

“确实，一件上等的潜水服。”

“可是，在漆黑的海底，您如何照明呢？”

“用照明装置。”

“可是，在水中，枪很难有杀伤力吧？”

“先生，恰恰相反，我这种枪射出去的不是平常的子弹，而是一种小玻璃囊。这些玻璃囊覆盖着一层钢套，轻轻一碰，就会爆炸。一支普通的枪，能装十粒玻璃囊。”

尼莫船长带着我朝“鹦鹉螺号”的尾部走去，经过尼德和孔塞伊的舱室时，我叫上了他们。

我们来到一个侧室，两名水手过来帮我们穿上了沉重的防水服。这衣服是用橡胶做的，能承受巨大的压力。

“教授先生，目前‘鹦鹉螺号’正停在离海底10米之处，我们这就出发。”

我们进了一个和更衣室相连的小房间里。这个房间有两个出口，一个通向“鹦鹉螺号”，一个侧面的门通向大海。通向“鹦鹉螺号”的门马上关闭了，接着侧面的门慢慢打开了，海水漫进来。我们走出去，脚就踩到了海底。

这时是上午10点钟。阳光斜照在海面上，海水产生了七色变化。这种色彩的混杂，构成了真正的万花筒，绿色、黄色、橙色、紫色、靛蓝色、蓝色，真是令人大饱眼福！

满地都是珊瑚虫和棘皮动物。各类叉形虫、孤立存活的角形虫、复眼珊瑚、用吸盘附着在地上的银莲花，这一切，形成了一个花坛。散布在沙上的海星、瘤状的海盘车，就像仙女刺绣的精细花边。地上盖满了成千上万软体动物的绝佳标本，踩在上面让我心疼不已。

我们往前走着，一路上成群的僧帽水母在我们头上漂游，拖着天青石色的触角；乳白色的水母遮住了我们头上的阳光；暗处还有蜉蝣生物，在周围洒下磷光。

我们离开“鹦鹉螺号”已经有一个半小时左右。

快到中午了，阳光不再折射进来，色彩消失了。这时，尼莫船长停住了脚步，用手指给我看一片黑乎乎的东西。它在不远处的黑暗中显现出来，这就是海底森林。

这片森林由巨大的乔木组成，地面上寸草不生，灌木枝条既不依附也不蜷曲，更不向水平方向延伸，而是每一根都向着海面伸展。灌木不管多细，都像铁丝一样笔直。墨角藻和藤本植物，受到海水密度的控制，都垂直地向上生长。这些植物一动不动，我用手一拨，枝干就马上恢复原状。这里是垂线的王国。

下午将近1点钟，尼莫船长示意休息。我们躺在海藻下，海藻的带子像箭一样竖起。

这样走了4个小时以后，我们没有饥饿的感觉。相反地，我感到一阵难以克服的睡意。所有的潜水者都有这感觉。尼莫船长向我们做出睡觉的示范。

我们很快在海底睡着了，醒来时，海里已经看不到阳光了。

突然，几步以外，一只高达1米的海蜘蛛，斜着眼睛看我，准备向我扑来。

虽然潜水服相当厚，可以抵挡这只动物的进攻，但我还是被吓住了。尼莫船长的同伴马上一枪把它撂倒了，用的子弹就是那些小玻璃囊。我看到怪物吓人的爪子在剧烈地抽搐。

我以为这次休息是我们漫步的终点。但我搞错了，尼莫船长没有回到“鹦鹉螺号”，而是带着我们继续他大胆的旅行。

地面始终下斜，坡度更加明显，把我们引向深处。

差不多下午3点的时候，我们来到一个狭窄的山谷，两边是高高的山壁，位于海底150米。黑暗变得更深邃了。在十步开外，什么也看不见。突然，我看见一道相当强烈的白光，尼莫船长刚刚打开了电灯。我们相继把腰间的电灯打开，在25米的范围内，海水被照得通亮。

尼莫船长带领我们越走越深。我观察到，在海底深处，植物消失得比动物快。深海植物已经放弃生长，多得惊人的动

物，却还在这里大量繁殖。

最后，一堵壮观的岩石和一大堆怪石挡在我们面前，穿过这里就是尼莫船长不愿踏足的陆地部分了。

下午将近4点钟，这次神奇的旅行结束了。

返程开始，还是尼莫船长走在前面。回去的路非常陡峭，我们走得十分艰难，但很快就接近了海面。

我看到船长端起枪，瞄准荆棘丛中一只活动的东西。枪响了，这是一只漂亮的海獭。

尼莫船长的同伴走过去把猎物捡起来，扛到肩上，大家重新上路。

我落后二十来步，这时我看到尼莫船长突然向我转过来。他一只手强有力地把我按倒在地，与此同时他的同伴也这么对待孔塞伊。

我就这么躺在地上，正好被一丛海藻挡住。我抬起头来时，看到几个庞然大物，身子闪着磷光，呼啦啦地经过。

这是一群鲨鱼！我们不敢动，静静地等待它们离开。不一会儿，它们就游走了。

半小时之后，我们回到了“鹦鹉螺号”里。

六、初探陆地

第二天，我睡到很晚才起来，发现“鹦鹉螺号”回到了海面。我来到平台，海面上空空荡荡。地平线上没有一片帆影。

我正欣赏着大洋的美景，尼莫船长出现了，他开门见山地说：

“教授先生，请看这片大洋。昨天，它像我们一样沉睡，过了平静的一夜，现在又醒过来了！”

他继续说：“大洋拥有一种真正的循环系统。我发现这些自上而下和自下而上的海流，形成了海洋真正的呼吸现象。”

他停顿了一下，然后又说：“盐，在大海里是非常充沛的，教授先生。如果您把溶解在海水里的盐都提炼出来，就能堆成一座450万立方海里的山，铺在整个地球上，就会形成10米多高的一层……”

他就像在自言自语。

“阿罗纳克斯先生，”他终于问我，“您知道大海有多深吗？”

“船长，我知道目前测到的一些数据。”

“您能给我列举吗？让我核对一下。”

“我记得一些，”我回答，“如果我没有搞错，北大西洋的平均深度是8200米，地中海的平均深度是2500米。最了不得的几次测量是在南纬35°的南大西洋进行的，测到的深度分别是12000米、14091米和16049米。总之，有人估计，如果海底被抚平，它的平均深度约为7000米。”

“很好，教授先生，”尼莫船长回答，“我希望我们会给您提供更准确的数据。太平洋这部分地区的平均深度，只有4000米。”

说完，尼莫船长就朝舱盖走去。我跟随着他，回到客厅。航速表显示，航速为每小时20海里。

接下来的好几个星期，尼莫船长都很少来拜访。我也很少见到他。“鹦鹉螺号”航行的方向是东南，深度维持在100米到150米。12月1日，“鹦鹉螺号”穿过了赤道。

12月11日，我在客厅里埋头看书，这时孔塞伊过来请我去舷窗那儿。

我起身，走过去靠在舷窗前，往外看去。

在明亮的电灯光中，一只黑黢黢的庞然大物一动不动，悬在水中。我仔细观察它，开始我以为是一条鲸鱼，但我渐渐把它看清楚了。

“一条船！”我喊道。

“是的，”尼德回答，“一条沉船！”

我们看到的是一艘刚刚沉入海底的船。船上躺着几具被绳索缠绕着的尸体，多么惨烈的场面！

“鹦鹉螺号”围着沉船绕了一圈，向这些人致敬，便往前驶去。

12月15日，“鹦鹉螺号”已经航行了8100海里了，目前正航行到一群岛屿下面。我们在岛屿附近捕捞了很多牡蛎，在桌子上撬开吃掉，尽情享用美味。

12月25日，“鹦鹉螺号”在南太平洋的群岛航行，我们一起度过了圣诞节。

“鹦鹉螺号”以高速开离这片海域，继续往西南方向前行。

六天之后，1868年1月1日，一大清早，我来到了平台上。

“先生，”孔塞伊对我说，“我祝您新年好！”

“孔塞伊，谢谢你。新的一年，你有什么愿望吗？”

“我想看到更多海里的世界。”

“可是这会花费很多时间。尼德怎么想呢？”

“尼德的想法恰恰与我相反，”孔塞伊回答，“天天吃鱼不能满足他，他想回陆地吃肉！”

1月2日，我们已经行驶了11340海里。

此时，尼莫船长告诉我，他想通过托雷斯海峡去印度洋。托雷斯海峡是危险地带，暗礁耸立，居住在那里的土著人常常在海岸出没。

“鹦鹉螺号”来到地球上最危险的海峡入口。这个连最大胆的航海家都不太敢穿越的海峡，宽约34法里[1]，其间散布着无数海岛、小岛、岩礁和岩石，顺利通过它几乎不可能。因此，尼莫船长要小心翼翼地驾驶。

“鹦鹉螺号”在海面上以中速前进，螺旋桨像条鲸鱼尾巴，

1　法里：1法里约为4公里。

悠悠地拍打着海水。

在“鹦鹉螺号”周围，大海掀起阵阵惊涛骇浪。海水从东南向西北以每小时2.5海里的速度流去，拍击着露出海面的珊瑚礁。

“这可是真正凶险的大海！”尼德对我说。

“确实恶劣至极，”我回答，“连‘鹦鹉螺号’这样一艘潜艇也很难前行。”

“这个该死的船长，”尼德又说，“得对航线非常熟悉才行，不然很容易撞上暗礁！”

下午3点，海浪还是很大。突然，一个猛烈的撞击把我掀翻，“鹦鹉螺号”刚刚触到了一个暗礁！它搁浅了。

我站起来时，看到尼莫船长和他的大副在平台上。他们察看潜艇的情况，用令人难以理解的方言交换了几句。

“只有等涨潮的时候，才能漂浮起来了。”我说。

“您说得对，教授先生，”尼莫船长回答我，“今天是1月4日，过五天月圆的时候，月亮会带来一次新的涨潮。”

说完，尼莫船长又回到“鹦鹉螺号”里面。

尼莫船长走了之后，孔塞伊和尼德找到了我。

尼德说：“那边是一个岛。岛上有树，还有陆地动物，那么就有肉吃。”

孔塞伊说：“先生能不能请尼莫船长用小艇把我们送到陆地上去呢？”

“我去试试吧，”我回答，“但是他可能会拒绝的。”

让我吃惊的是，尼莫船长竟然同意了我的请求。第二天早上，他为我们准备好了小艇，从平台投到了海里。

我们带着枪和斧头，从“鹦鹉螺号”上下来，来到小艇上。大海风平浪静。孔塞伊和我使劲划起来。尼德掌舵，他一路非常开心，像个越狱成功的囚犯。

“岛上有肉啊！”他不断重复着，“我们就要吃到肉了！我们不能总是吃鱼啊，弄一块新鲜的野猪肉，放在炽热的炭火上烤一烤。”

“好家伙！”孔塞伊回答，“说得我都流口水了。”

七、遭遇野蛮人

上午8点半，“鹦鹉螺号”的小艇轻轻地停靠在了一片沙滩上。

踏上陆地时，我的内心非常激动。尼德用脚试探着踩地，我们已经两个月没有踏上陆地了。

尼德很快就找到一棵椰子树。我们打下了几只椰子，用力把它们砸碎，喝里面的椰子汁，吃椰子肉。尼德的脸上带着一种满意的神情。

“我想，”尼德说，“船长不会反对我们带些椰子回他的船上吧？”

“我想不会。”我回答。

孔塞伊建议说：“我们可以在小艇上留出三个位置，用来放水果、蔬菜和肉类。”

两小时里，我们跑遍了树林的四面八方。

我们摘了一些面包果，下午，我们又摘了许多香蕉。

尼德说：“这只是饭后甜点，烤肉呢？”

“今天碰不到，明天也会碰到的。”孔塞伊说。

“咱们应该在天黑前回去。”我说。

“现在几点啦？”尼德问。

“至少下午2点。”孔塞伊回答。

“在坚实的陆地上时间过得真快！”尼德喊道，惋惜地叹

了一口气。

下午5点钟时，我们带着满满的收获回到了潜艇上。

第二天，我们在日出时上路，不一会儿就到达海岛。

我们打到了一些野鸡。尼德非常满意。

傍晚6点，我们又回到海滩上。小艇停在原来的地方。

尼德忙着准备晚饭。野鸡在炭火上烤着，不久就散发出香味，熏香了空气！我们的食物有野鸡，椰子粉做的面条，面包果做的面包，几个芒果和半打菠萝。

“今晚我们不回‘鹦鹉螺号’了吧？”孔塞伊说。

“我们永远不回去了吧？”尼德说。

就在这时，一块石头落到我的脚边，打断了尼德的话。

我们望向树林那边，我往嘴里塞东西的手停在了半空，尼德还在继续吃。接着，第二块石头飞来，把孔塞伊手上一只美味的野鸡腿打掉了。

我们三个人都站了起来，举起枪。

“难道是猴子？”尼德大声说。

“不！”孔塞伊回答，“是土著野蛮人。”

“快！上船！”

这时，二十来个土著人带着弓箭和投石器出现了，离我们也就100步左右，在一片矮树林边上。

土著人向我们逼近，石头和箭如雨点般向我们砸来。

尼德不想扔下食物，尽管非常危险，他还是夹起他打猎得来的肉，夺命狂奔。

2分钟后，我们抵达沙滩，把食物和武器装上小艇。我们把小艇推到海里，拿起两支桨拼命地划动。很快，我们就离开了这片沙滩。

那些土著人还在岸上大喊大叫，手舞足蹈。

20分钟以后，我们登上潜艇。盖板是开着的，把小艇系好以后，我们就回到了“鹦鹉螺号”里。我回到客厅，连忙找到尼莫船长。他在弹奏管风琴。

“船长！”我叫了他一声。

“教授先生，”他问我，“打猎尽兴吧？”

“是的，船长，”我回答，“但不幸的是，我们招惹来了一群两条腿的动物。”

“什么两条腿的动物？”

“野蛮人。”

“野蛮人！”尼莫船长用讽刺的口气回答，“教授先生，您踏上地球上的一块陆地，您在那里遇到野蛮人，有什么好惊讶的呢？野蛮人，哪儿没有呢？再说，您称之为野蛮人的人，他们比其他人更野蛮吗？”

“好吧，”我回答，“如果您不想在‘鹦鹉螺号’上接待他们，您最好多留个神。”

“放心吧，教授先生，没什么好操心的。’

“但这些土著人，人数众多。”

“阿罗纳克斯先生，”尼莫船长回答，他的手指又放回了琴键上，“即使巴布亚所有的土著人都聚集到这片海滩上，‘鹦鹉螺号’也丝毫用不着害怕他们的攻击！”

我看到海滩上的人数明显增多了，他们有可能来自附近的岛。他们在海滩上点燃了许多火把，二十多条独木舟把“鹦鹉螺号”团团围住。这些独木舟是由掏空了的树干制成的，体形狭长。

独木舟更靠近“鹦鹉螺号”了。

“必须通知尼莫船长。”我说着，进了舱口。

我来到客厅，找不到人。我在船长的房间找到了他：“船长！土著人的独木舟把我们包围了。”

“啊！”尼莫船长沉着地说，“他们驾着独木舟来的吗？”

“是的，先生。”

“那么，我来处理吧。”船长自信地说道。他按下一个按钮。

我走向中央梯子。土著人可怕的叫骂声已经震耳欲聋，舱盖朝外打开，外面有二十多个人。

第一个土著人把手放在梯子栏杆上，却被狠狠地电了一下。他发出可怕的喊声，乱蹦乱跳。其他人也有同样的遭遇。

孔塞伊看得发呆。尼德冲向楼梯，当他双手抓住栏杆时，也被掀翻了。

“真是见鬼！”他嚷道，“我被雷劈了！”

原来，尼莫船长在攻击者和“鹦鹉螺号”之间，铺了一道电网。受了惊吓的野蛮人被击退了，惊魂未定。

这时候，“鹦鹉螺号”被一阵涌浪抬了起来，离开了珊瑚礁的凹槽，时间正好是船长预计的2点40分。螺旋桨拍打着海水，潜艇在洋面上航行，速度逐渐加快，安然无恙地离开了这个危险的地方。

八、珊瑚墓地

“鹦鹉螺号”又回到了水下，快速航行，我估计不低于35海里每小时。

在这段航程里，尼莫船长在不同深度、不同水温中做着有趣的实验。“鹦鹉螺号”相继下到3000米、4000米、5000米、7000米、9000米和10000米的深度。在不同海域，1000米深的海水有着一样的温度：4.5℃。

“教授先生，您知道，海水比淡水密度大，但每个海域都不同。事实上，如果我把淡水的密度用1来表示，大西洋海水的密度就是1又28‰，太平洋海水的密度是1又26‰，地中海海水的密度是1又30‰……”

难道船长还去过地中海吗？那可是一片神奇的海域。

1月18日，天气非常恶劣，海面状况艰险，波涛汹涌。一场风暴即将来临。

船长站在我面前，他的样子完全变了，看起来很焦急。

“阿罗纳克斯先生，”他严肃地对我说，“我现在必须把您和您的两个同伴关起来，直到我认为可以还你们自由。”

“为什么？”

“不能提任何问题，先生。”

听到这句话，我再也没有什么可争论了，只有服从，因为任何反抗都是无用的。

我把刚才发生的事情告诉我的两位同伴。他们像我一样惊奇，也一样莫名其妙。

我们被关进了囚室。吃午饭时，大家都默默不语。我吃得很少，孔塞伊也吃得很少，而尼德不管有天大的事，照样一口也不少吃。

饭后，囚室里那盏球形灯熄灭了，我们陷入一片漆黑中。尼德很快睡着了，让我吃惊的是，孔塞伊也沉沉睡去。

我思索着，是什么让他这样迫切地需要睡觉呢，这时我感到自己的脑子也麻木昏沉起来。我的眼睛尽管想睁开，却不由自主地闭上了。我陷入痛苦的幻觉中。

显而易见，我们刚才吃的食物里掺了催眠物质！为了不让我们知道尼莫船长将要做的事情，把我们关起来还不够，还必须要我们睡着！

第二天，我醒来时头脑很清醒。我被送回了自己的舱室。这一夜发生的事，我一无所知。

我来到平台上。“鹦鹉螺号”像往常一样沉静和神秘，浮在海面上，看起来没有任何变化。在视野范围内没有发现任何新东西，既没有风帆，也没有陆地。

下午2点钟左右，我在客厅里忙着整理我的笔记。这时船长打开门，走了进来。

他说：“阿罗纳克斯先生，您是医生吗？”

“确实，”我说，“我是医生，也当过住院实习医生。”

“阿罗纳克斯先生，”船长对我说，“您同意给我的一名水手治疗吗？”

“我现在就可以跟您去。”

“来吧。”

我的心怦怦直跳。不知道为什么，我看出这个水手的病和前一天的事件有某种关联。

尼莫船长把我带到“鹦鹉螺号”后部，让我走进水手舱边上的一间舱室里。房间里的床上躺着一个四十来岁的人，他受了重伤。我看到死亡临近，已经无力回天了。

“他是怎么受伤的？”我问。

“‘鹦鹉螺号’撞了一下，杠杆砸了这个人。您觉得他情况怎么样呢？”尼莫船长问。

我犹豫着没说话。

“您可以说，”船长对我说，“这个人听不懂法语。”

我最后看了一眼受伤的人，然后回答：

“这个人过两小时就要死去了。”

“没有办法救他吗？”

“没有。”

尼莫船长的手部肌肉收缩了一下，几滴眼泪流下来，我还以为他生来不会流泪呢。

我回到自己的舱室，心绪依然不能平复。

第二天早晨，我登上甲板。尼莫船长来到我面前，对我说：

“教授先生，”他说，“今天到海底一游，您觉得如何？”

“好的，”我说，“带上我的两位同伴一起。”

船长没有提昨晚的事情。我去找尼德和孔塞伊。

早上8点，我们穿好潜水服，装备了两套照明和呼吸设备。我们再次踏在海面下10米深的地上，“鹦鹉螺号”就停在上面。

这里和我们第一次在太平洋底部徒步时的完全不同。这里没有细沙，没有海底草地，没有深海森林。这是珊瑚王国。

跋涉了两小时后，尼莫船长停了下来。我们也停下了脚步。

空地中央，在一个岩石底座上，竖着一个珊瑚十字架，两边伸得很长，好像是石化的血做成的。

尼莫船长做了个手势，他的一个手下往前走去，在离十字架几步远的地方停下，从腰带上取下一把十字镐开始挖坑。

我明白了！这是一个墓地！尼莫船长要安葬他们死去的同伴。

抬尸体的人走上前去。尸体被裹在白色足丝里，放进潮湿的坟墓。尼莫船长双臂交叉在胸前，死者的所有朋友都跪下，做起祷告……我和两位同伴，也虔诚地低下了头。

做完这些以后，尼莫船长又走近坟墓，所有人再次跪下，伸出手做出诀别的手势……

送别之后，我们又踏上回“鹦鹉螺号”的路。中午1点钟，我们回到了潜艇上。我换好衣服后，登上平台，脑子里仍然回想着刚才的情景。

尼莫船长来到我身边，对我说：

“那里是我们安宁的墓地，在海浪之下几百英尺的地方。”

“船长，逝去的人至少可以在那里安眠，避免鲨鱼的侵犯吧？”

“是的，先生，”船长严肃地回答，“避免鲨鱼和人的侵犯！”

九、采集珍珠

此后几天，我们在印度洋上乘风破浪。“鹦鹉螺号”在100米至200米的深度航行。

1月21日，我登上平台，大副也登上了平台测量太阳的高度，他用六分仪进行观测之后，回到了船内。

1月26日，我们穿过了赤道，又回到了北半球。

1月27日，在印度孟加拉湾入口，半露出海面的“鹦鹉螺号”航行在乳白色的海中。孔塞伊不能相信自己的眼睛，他问我海怎么变白了。

其实这是海里无数发光的小虫子所导致的，它们像头发那么细。这些小虫子非常多，聚集长度达到几法里。直到午夜时分，海水突然恢复了平时的颜色。

1月28日，我再次登上平台。我首先观察到的是一片山峦，我认出我们面对着的是锡兰岛。尼莫船长和他的大副这时候出现了。

船长看了一眼航海图。接着转身对我说：“锡兰岛以珍珠采集场闻名。您想不想参观其中一个采珠场呢？”

“非常愿意，船长。”

尼莫船长说：“采珠人不能长时间待在水下。他们能够承受压力的时间平均为30秒，他们要在这30秒里，迅速地把抓到的牡蛎放进网兜里。一般来说，这些采珠人的寿命都不会太长，他们身上带着很多伤病。”

“这是一个令人心酸的职业。”我说。

“顺便说一声，阿罗纳克斯先生，您不怕鲨鱼吧？”

“鲨鱼？”我惊叫。

船长回答说：“我们会带武器，我们或许还能打到一条鲨鱼。这会是一场有趣的狩猎。那么明天见，教授先生。”

尼莫船长轻松地说完这些话，便离开了客厅。

就在这时，孔塞伊和尼德欢乐地走了过来，看来尼莫船长也邀请他们明天一起前行，去参观全球最上乘的采珠场。

“先生，”孔塞伊对我说，“您知道采珠的细节吗？”

“关于采珍珠，”尼德接着说，“最好是先了解一下情况。”

紧接着，尼德问：“先生，珍珠是什么呀？”

“属于软体动物门，”孔塞伊说，“无头纲，甲壳目。”

“非常准确，博学的孔塞伊。对诗人来说，珍珠是大海的一滴眼泪；对于女人们来说，这是一件椭圆形首饰；对于化学家来说，这是磷酸盐和石灰碳酸盐的混合物；对于博物学家来说，只不过是某些双壳类软体动物产生螺钿质器官的一种病态分泌物。”

第二天，凌晨4点，我被尼莫船长特意派来的侍者叫醒。我来到客厅，尼莫船长在那里等我。

尼莫船长领着我走到中央楼梯，楼梯通往平台。尼德和孔塞伊已经在那里，我们需要先坐小艇到那片区域，然后在船上穿潜水服下水。

我们坐在小艇后面，小艇朝着南方驶去。水手们每隔10秒钟才划一下桨，这一般是在海战时使用的划船方式。

将近5点半，我们到达了这片采珠场。这里没有一条船，没有一个人采珠。

6点钟，太阳出来了。我可以清晰地看见陆地，上面稀稀落落地生长着一些树木。尼莫船长站起来观察洋面，接着，他做了个手势，锚被抛下了水。

在水手们的帮助下，我们穿上了沉重的潜水服。尼德举着一把大鱼叉，那是他在离开“鹦鹉螺号”之前，放在小艇里的。

过了一会儿，小艇的水手帮着我们一个个下到水里。我们的脚踩到了平整的沙地。我们跟着尼莫船长，经过一个缓坡。此时，太阳已经把水下照得足够亮。

7点钟左右，我们终于踏上珠母沙洲，数以百万计的珠母在这里繁殖。10分钟后，尼莫船长突然停下。我以为他停下是想往回走，但是他的手指着水里的一个点，我仔细地看着。

这是一个人，一个活人，一个印度人，一个采珠人。我看到他的小船停在他头上几英尺的地方，一块系着绳子的石头夹在他的两脚之间，绳子另一端系在他的小船上，这样可以帮助他快速回到水面。他潜入水中，接着又回到水面。倒空口袋，又回到水里，重新开始这样的操作，每次最多30秒。

突然，我看到采珠人猛地起身往海面上蹿。一头鲨鱼出现在这个采珠人上方！采珠人沉入了水下。

我吓得说不出话来，一动不动。

鲨鱼游回来，翻了个身，正要张开嘴巴，这时，尼莫船长站了起来。他手中握着匕首，径直朝鲨鱼走去，准备和它展开近身肉搏。鲨鱼看到了尼莫船长，转过身来，快速冲向他。尼莫船长往旁边一跳，躲开了。他把匕首插进鲨鱼肚子，但是没能插进鲨鱼的心脏。接着，鲨鱼转身把船长压倒在地上。

正当鲨鱼准备撕咬船长的时候，尼德手握捕鲸叉急速冲向鲨鱼。尼德一击即中，刺中了鲨鱼的心脏。尼德把船长解救了出来。船长没有受伤，他站了起来，径直朝着采珠人走去。

船长割断系住石头的绳子，把那人抱在怀里，脚后跟使劲一蹬，浮上了水面。

我们三个人跟着他，游到采珠人的小船旁。

幸运的是，在孔塞伊的按摩之下，采珠人逐渐恢复了知觉。尼莫船长从衣服口袋里掏出一小袋珍珠，放到他手里。采珠人用颤抖的双手接了过去。

船长做了个手势，我们重新回到珠母沙洲，按原路返回。走了半小时，我们回到了小艇上。

一到艇上，我们把沉重的铜头盔取了下来。

小艇在波涛上飞驰。上午8点半，我们回到"鹦鹉螺号"上面。

十、不为人知的海底隧道

从出发点算起，我们已经航行了16220海里。1月29日，我们离开了锡兰岛。第二天，“鹦鹉螺号”朝波斯湾驶去。波斯湾是一个海湾，它没有出口。

我们在红海上乘风破浪。2月9日，我和尼莫船长在平台相遇。尼莫船长问：

“教授先生！你觉得‘鹦鹉螺号’怎么样？”

我回答：“非常美妙！这是一条构造多么精妙的船！”

“是的，先生。它精妙、大胆、坚不可摧！它既不惧怕红海可怕的风暴，也不惧怕海浪和暗礁。”

“确实，”我说，“从古至今，红海被列为地球上最可怕的海域之一。”

“可惜，”他又说，“我不能带您通过苏伊士运河。但是后天，我们就能抵达地中海。”

“地中海！”我喊道。

“是的，教授先生。这让您那么吃惊？”

“让我吃惊的是，后天我们就能到那里。去地中海，要绕过非洲一圈，再快的潜艇也没办法在3天之内完成啊！”

“谁说我们要绕过非洲的，教授先生？”

“可是，波斯湾是个封闭的港湾。”

“我们从底下穿过去，阿罗纳克斯先生。”

“从底下穿过去？”

“当然。”尼莫船长语气平稳地回答。

“什么！原来底下还有通道！”

“是的，底下有一条地道，我称它为阿拉伯海底隧道。从苏伊士下面开始，通往地中海。”

“您是怎样发现这条海底通道的呢？”我好奇地问。

尼莫船长对我说：“我在苏伊士运河附近打捞了很多鱼。我把铜环圈在鱼尾巴上，然后把鱼放回海中。几个月后，在另外一边，我找到了一些我之前套上铜环的鱼。这说明这两片海域是相通的。教授先生，您很快就会穿过这条阿拉伯海底隧道了！”

就在当天，我把和船长的这次谈话告诉了孔塞伊和尼德，他俩也很吃惊。尼德完全不相信。

第二天，孔塞伊和尼德陪着我坐在平台上。东岸在湿蒙蒙的雾气中，显得朦胧一团。

这时，尼德伸手指着海上的一个点，对我说：

“教授先生，您看到那边有样东西吗？”

“没有看见，尼德。”我回答，“我视力不像您那么好。”

“另一条‘鹦鹉螺号’？”孔塞伊说。

“不像，”尼德回答，“如果我没搞错的话，这是一条海兽。”

“这可能是鲸鱼吗？”孔塞伊问。

“这不是鲸鱼，”尼德又说，“我是个捕鲸手，我认得鲸鱼。”

“啊！它在往前！它潜下去了！”尼德大声说，“真奇怪！这是什么动物呢？它不像鲸鱼或者抹香鲸。”

“这不会是一条美人鱼吧！”孔塞伊大喊。

“不是，”我对孔塞伊说，“这绝不是一条美人鱼，而是一种非常稀奇的动物，这是儒艮。人鱼目，鱼形类，哺乳纲，脊椎动物门。”

9点一刻，船又浮回水面，我也登上平台。我急不可耐地想穿越尼莫船长说的海底隧道。

“这是苏伊士的导航灯。”船长说，“我们很快就到达海底隧道口了。”

“进入海底隧道不容易吧？”

“不容易，先生。所以，照惯例我是待在驾驶室里亲自指挥操作的。”

我跟着尼莫船长。舱盖关上了，储水罐装满了水，潜艇下沉了10来米。

正当我要回到自己房间时，船长把我叫住了。

“教授先生，”他对我说，“您想陪我一起去驾驶室吗？”

“非常愿意！”我回答。

尼莫船长领我到中央楼梯。走到一半时，他打开一扇门，到达驾驶舱。驾驶舱在平台的末端。

“现在，”尼莫船长说，“我们来找地下通道吧。”

我在左舷的窗边，望见了奇妙的珊瑚底层结构，无数动物形植物、藻类，从岩石的凹处伸出来。

10点一刻，尼莫船长亲自掌舵。一条宽阔的长廊，幽深又漆黑，在我们面前出现。“鹦鹉螺号”大胆地开了进去。潜艇两侧响起了不同寻常的噪声。这是红海的海水顺着隧道坡泻入地中海发出的声音。“鹦鹉螺号”随着这激流下去，飞梭如箭。在通道的窄墙上，我只看到一束束光，一些直线，一些飞速的电灯光下的火光痕迹。我的心怦怦乱跳，我用手按住胸口。

10点35分，尼莫船长向我回过身来：

“我们到了，这就是地中海。”他对我说。

不到20分钟，“鹦鹉螺号”通过了苏伊士地峡，到达了地中海。

第二天，天蒙蒙亮，“鹦鹉螺号”又浮上了水面。我急忙冲向平台。

将近7点，尼德、孔塞伊和我会面。

“好吧，博物学家先生，”尼德问，“地中海呢？”

“我们现在正在它的水面上，尼德老弟。”

“这么快！”孔塞伊说，“就这一夜之间？”

“对，几分钟内，我们就穿越了这看似不可逾越的海峡。”

尼德认真地说：“教授先生，尼莫船长真是个厉害人物。我们真的在地中海了。很好，我们来商讨一下我们的小事情吧，但不要让别人听见。”

我明白尼德又要谈关于逃跑的事情了。

“尼德，我们现在可以听您说了。您要说什么？”

“我要跟你们说的，非常简单。”尼德回答，“我们现在在地中海了，就在欧洲，我们要逃离‘鹦鹉螺号’。”

“尼德老弟，”我说，“请您直白地告诉我，您在‘鹦鹉螺号’真的感到厌烦吗？”

尼德沉默了片刻没有回答。

“说实话，”他说，“我对这次海底旅行并不后悔。我很高兴旅行过。不过旅行结束了。”

“旅行会结束的，尼德。”

“在哪里？什么时候？”

“哪里？我不知道。什么时候？我说不上来。在这个世界上，所有的事，凡是有开始的，就必然有一个终结。”

“对，先生。”孔塞伊说。

“当‘鹦鹉螺号’航行到离欧洲海岸不远的地方的时候，我们可以逃离‘鹦鹉螺号’。”

“您打算游过去吗？”

“对，如果离海岸足够近，我们可以游过去。如果太远的话，就不行。”

“好的，尼德先生，”我又说，“我们先讨论到这里吧。哪一天您准备好了，您通知我们，我们跟着您走。我完全听您的。”

这次谈话到这里就结束了。但尼莫船长在地中海上对我们存有戒心，他总是在水下，或者离海岸很远的海面行驶。

十一、船长的巨大财富

2月14日，我靠着舷窗，看得如痴如醉，突然，舷窗外出现一样东西，让我大吃一惊。

水中出现了一个人，一个腰带上挂着皮带的潜水员。他正用有力的手臂划着水，有时消失不见，浮到海面呼吸，然后马上又潜下去。

我转身看向船长："一个人！"我喊道，"我们必须救援他！"

船长没有回答我，走过来靠在舷窗上。

那人靠过来，脸贴在玻璃上，望着我们。

令我吃惊的是，尼莫船长向他做了个手势。潜水者也给他回了一个手势，马上重新浮到水面，不再出现。原来尼莫船长认识这个人。

"您不必担心，"船长对我说，"这是马塔潘角的尼古拉，一个有胆魄的潜水者。水就是他的栖居场所。他待在水里比待在陆地上的时间多，不断从一个岛游到另一个岛。"

说完，尼莫船长走向客厅窗旁的柜子。我在柜子旁看到一只铁箱子。

船长打开柜子，原来这是一个保险柜，里面藏着大量金子。尼莫船长把金子一个个拿出来，整齐地放在一旁的铁箱子里，全都填满了。黄金估计有一吨多重，也就是差不多500万法郎。船长把箱子紧紧地关上了，在上面写了一个地址。

尼莫船长叫来了四个人，他们费了好大力气把箱子推出客厅。然后我听到他们用滑轮把箱子吊到铁梯上的声音。

第二天，我把夜里的事情告诉了孔塞伊和尼德，他们都对这个事情非常好奇。

“可是，他从哪里搞到这几百万呢？”尼德问。

我吃过早餐后，来到客厅开始工作。直到下午5点，我一直在写我的笔记。我继续工作，但周围的温度越来越高，已经到了难以忍受的地步。

我正要离开客厅，尼莫船长进来了。他靠近温度计，看了看。

“42° C，”他对我说，“我们正在离开热源。”

“所以是外面传来的热度吗？”

“当然。我们是在沸水中航行。”

“怎么可能？”我嚷道。

“您请看。”

护窗板打开了，我看到“鹦鹉螺号”周围的海水完全是白色的。原来，“鹦鹉螺号”到了海底火山活动的区域。

“我们不能再待在这沸水里了。”我对船长说。

“是的，我们离开这儿。”尼莫船长冷静地回答。

他下了一道命令。“鹦鹉螺号”转向左边，远离这火炉。一刻钟后，我们升到海面上呼吸着新鲜空气。我们再次来到了蔚蓝的地中海之上。现在我们的航速是每小时25海里。

2月16日至17日夜间，我们进入了地中海的第二道水域，最深的地方有3000米。

在最深的水层，我们看见海底有很多沉船，有的是互相碰撞而沉没的，有的是触到暗礁而沉没的。

“鹦鹉螺号”从沉船旁边经过时，用电灯光包裹着它们，向它们告别。

接着，“鹦鹉螺号”的冲角划破海面，我们在三个半月内航行了近1万海里，比绕地球赤道一圈还多。

第二天，“鹦鹉螺号”驶出直布罗陀海峡，来到外海。它又回到海面，在12海里以外的地方，西班牙半岛隐约可见。

我回到我的房间，孔塞伊回到他的舱室。尼德心事重重，跟在我后面。我的房门关上了，他坐下来安静地看着我。

尼德眼神变得坚定，他终于开口说话了。

“就是今晚了。”他说。

我突然站了起来。我承认，我没有做好准备。

“我们说好要等待机会，”尼德又说，“今天晚上，我们离西班牙海岸只有几海里，阿罗纳克斯先生，我们离开吧。”

我沉默不语。

“今天晚上，9点，”尼德说，“我已经通知了孔塞伊。我弄到一把活动扳手，能旋开小艇上的螺母。一切都准备好了，晚上见。”

“海上风浪不容乐观。”我说。

尼德回答：“必须冒险试一下。自由值得我们付出代价。”

说完，尼德就转身走了。这时，“鹦鹉螺号”又潜入了大西洋底部。我去了客厅两次，想看看“鹦鹉螺号”究竟是带着我们接近还是远离海岸。

我下定决心，准备逃跑了。我的行李不重。除了我的笔记，没有别的东西。

可是，尼莫船长如果发现我们逃跑，他会怎么对我们？

我的晚饭像往常一样，还是在我自己房里吃的。我心里不踏实，吃得也不太好。晚上7点，我离开餐桌。

还有两个小时，离我和尼德约定的时间还有两个小时。

我最后一次欣赏了一遍这些神奇珍品，这次离开之后，就永远不回来了。

突然，钟声敲响8点。我回到自己的房间，准备就绪。

差几分钟就晚上9点了，我把耳朵贴在船长的房门上。等着尼德的信号。

突然，我感到一下轻微的撞击，“鹦鹉螺号”停在大洋底部。这不利于我们逃跑，我想去找尼德，劝他推迟计划。

这时，大厅的门打开了，尼莫船长出现了。他看到我，就开门见山地说：

“啊，教授先生！”他的语气是友好的，“我给你讲个故事。”

我心乱如麻，说不出一个字来。

“1702年10月22日，英国舰队来到维哥港。海军力量不占优势，却依然奋力战斗。船长眼看着船队的财富就要落入敌手，便放了火，又凿沉了自己的船队，船队带着无数珍宝沉入了海底。”

尼莫船长停了下来。我承认，我根本没心情听这个故事。

“然后呢？”我问他。

“然后，阿罗纳克斯先生，”尼莫船长回答我，“我们就停在维哥海湾。”

船长站起来，请我跟着他。

在“鹦鹉螺号”半海里的范围内，海水被电灯光照得透亮。身穿潜水服的船员们忙于清理半腐烂的木桶和撑破的箱子。从箱子和木桶里，散落出金锭和银锭，瀑布般的钱币和珠宝。

我明白了。这就是1702年10月22日的战场。

“教授先生，”他微笑着问我，“你知道那场战争吗？”

“我知道，”我回答，“据政府估计，那场战争导致泡在海水里的银子有200万吨。”

后来我明白了，尼莫船长的确是个亿万富翁，他收集了这些财富，但也派送出去几百万给那些正在反抗压迫的民族。也许那天他催眠我们，就是在跟他们接触，或在跟他认为的敌人作战。他到海底来寻求独立，但他宽大、仁慈的心依然为人类的苦难而跳动。

“鹦鹉螺号”再次沉入海底，我们的逃跑计划也失败了。

十二、失落的海底古城

第二天早上，尼德走进我的房间。

“怎么样，先生？”他问我。

“哎，尼德，昨天命运和我们作对。”

“是的！这该死的船长偏偏在我们准备逃跑的时候停了下来。”

“是的，尼德，他昨天停在了他的钱庄门口。”

“他的钱庄？”

于是我把前一天夜里发生的事情告诉了尼德，尼德大为吃惊。

“下一次我们会成功的。今天晚上我们再尝试一次。”尼德说。

中午将近11点半，“鹦鹉螺号”又升回了水面。我冲上平台，尼德冲到我前面察看。“鹦鹉螺号”已经远远地离开了岸边，尼德非常懊恼。

晚上，将近11点，尼莫船长找到我。

“阿罗纳克斯先生，我向您提议一次有趣的旅程。”

“您请说，船长。”

“您只在白天参观过海底。我们夜里去看看，您觉得怎么样？”

“非常乐意。”

不一会儿，我俩穿上了潜水服。有人把充满了氧气的储气罐放到我们肩上，但没有准备电灯。“我们不需要灯。”船长说。

这一次，是我和船长两个人的旅程，孔塞伊和尼德没有参加。几分钟后，我们就踏上了大西洋300米深处的海底。

午夜临近了。海水黑得深幽，尼莫船长指给我看，远处有一个淡红的点，是一大片微光。这光是什么？为什么它会这样在海里发光？我一定要去探个究竟。

尼莫船长和我肩并肩走着，直接奔向那显眼的光亮。我们正走在一段上坡路。我一边走着，一边听到头顶上有一种噼啪声，这是大雨落在海面上发出的爆裂声。

淡红色灯光越来越强，照亮了地平线。这水下存在的光源使我无比好奇。路越来越明亮了，泛白的光线在那边闪烁。道路错综复杂，船长一定经常走这条路。我觉得他像一个海里的精灵。

深夜1点，我们来到第一道山坡前。尼莫船长一直往上爬，我大着胆子紧随其后。狭窄的通道两侧便是深渊，一失足就有危险。离开“鹦鹉螺号”两小时后，我们越过了矮树林和山峰。

我看清了，这是一座海底火山！一个阔大的火山口喷出硫黄火石的急流，像一支巨大的火烛，把附近都照亮了！

几分钟后，我爬上一座峭壁，这峭壁凌驾于一堆石头之上，有几十米高。我的目光投向远方，看到一大片被强闪光照亮的地方。我眼前看见的，是一座被摧毁的、落入深渊的城市，屋顶塌陷了，庙宇倾倒了，拱顶散架了，石柱崩塌了，但依然能从中感受到托斯卡纳式建筑的坚实比例。

天哪！我眼前所看到的是一座被淹没了的古城！ 我在什么地方？我想说话，我想摘掉这困住我脑袋的铜盔。

尼莫船长向我走来，一个手势阻止了我。然后，他捡起一块石头，在一块黑色玄武岩石写下这几个字：

“亚特兰蒂斯”。

尼莫船长写下的字令我非常激动，我回想起那段无数先贤为它的存在争论不休的历史。原来强大的亚特兰蒂斯人的的确确存在过，他们在这里生活过！我们在这个地方足足待了一个小时。这时候，月亮透过海水露了一会儿脸，在沉没的陆地上投下几道苍白的光。

我们很快下了山。刚走过石化的森林，我就看到“鹦鹉螺号”的舷灯，我们回到了潜艇上。

十三、隐秘的火山口母港

第二天，2月20日，我一直睡到中午11点钟才醒。“鹦鹉螺号”正贴着亚特兰蒂斯平原行驶，离地只有10米。

将近下午4点钟，山区很快要代替平原，可能这里就是亚特兰蒂斯的尽头了。

我们告别了这个神奇的古城。

我回到客厅时，已经是晚上8点钟了。我看了看气压计，“鹦鹉螺号”浮在海面上。此外，我听到平台上有脚步声，而且潜艇没有晃动，这说明海上风平浪静。我正准备爬上平台。

“是您吗，教授先生？”尼莫船长在上面说。

“啊！尼莫船长，”我回答，“我们这是在哪里？”

“在地底下，教授先生。”

“地底下！”我惊叫，“我不明白，这是怎么回事？”

“稍等片刻，我们的舷灯就要打开，你上来看看。”

我踏上平台，等待着。周围黑得如此彻底，就在我头顶的制高点，似乎有一道微光。这时，舷灯突然亮起，它的强光使微光消失了。

在我眼前是一片湖，这湖跟大海相通。周围的高墙像一个扣着的巨大漏斗，高度有五六百米。顶上有一个圆形的开口，我刚才看到的微光显然是阳光从这个开口射进来的。

“我们在什么地方？”我问。

“在一个死火山正中心，”尼莫船长回答我，“在您睡觉的时候，教授先生，‘鹦鹉螺号’通过开在大洋下面10米处的天然通道，钻进了这里。这里是‘鹦鹉螺号’的母港，安全、方便、隐秘，能躲避任何方向的风！没有比这更好的港口了。”

“确实，”我回答，“这座火山究竟是什么样的呢？尼莫船长。”

“它属于这片海上小岛中的一个。对海面的船来说，这只是一个普通的小岛，对我来说，这却是个巨大的岩洞。我偶然发现了它。”

“但是，不能从火山口的洞下来吗？”

“不行，就像我也不知道如何爬上去。”

“船长，您在这片湖上非常安全，除了您，谁也来不了这片水域。我们来这里做什么呢？”

“教授先生，‘鹦鹉螺号’偶尔也需要烧煤产生钠。而在这里，海底下的整片森林现在已经矿化，变成了煤，成为我取之不竭的一座煤矿。”

“船长，您手下的人在这里做矿工吗？”

“正是，我手下的人身穿潜水服，手拿十字镐去采煤。烧煤产生钠的时候，烟就从这个火山口出去，海面上的人会觉得看到了一座活火山。”

“真巧妙！”我赞叹不已，“我们要采集多久时间？”

“一天时间，你可以和你的伙伴到处逛逛。”

我谢过了船长，去找我的两个伙伴。我们下船来到岸边。

我们来到了一簇粗壮的龙血树脚下，粗大的树根把岩石都撑裂了。这时，尼德喊道：

“啊！先生，有个蜂窝！”

“一个蜂窝？”我问了一句，不敢相信。

“是的！一个蜂窝，”尼德又说了一遍，“还有些蜜蜂在嗡嗡叫呢。”

我靠近看，果然是一群蜜蜂。

尼德想储存一些蜂蜜。他点燃了一堆枯叶，用烟熏蜜蜂。蜜蜂很快都飞走了，蜂巢流出新鲜的蜂蜜。尼德把蜂蜜装满了他的背囊。

半小时后，我们又回到了火山内部的湖边。我们在这个迷人的岩洞里躺了一个小时。

突然，我被孔塞伊的声音惊起。

“小心！小心！”孔塞伊喊道。

“怎么啦？”我半坐起身子问。

“水漫到我们身上来了！”

我站起来。原来是涨潮了，很快，我们就来到了岩洞顶上安全的地方。三刻钟以后，我们回到潜艇上。这时，水手完成了钠的装载，“鹦鹉螺号”随时可以起航。

直到第二天，“鹦鹉螺号”才离开了它的母港，潜入大西洋海面下几米深的水里。

接下来的十九天，“鹦鹉螺号”一直待在大西洋中，以每天100海里的速度，载着我们航行。

这十九天中，我们整天在海面上航行。有一天，我们被几条捕鲸船追逐，捕鲸船可能以为我们是一条巨型鲸鱼。尼莫船长不想让这些勇敢的人白费时间和力气，便潜入了水下。

十四、挑战深海和冰原

我们来到了一片海域，这里是“先驱者号”当年探测过的海域，探测器探到了14000米，也没测到海底。同样在这里，美国驱逐舰探测到15140米，也没能探测到海底。

“鹦鹉螺号”迎来了新的挑战：我们决定探究一下，大海究竟有多深？

现在，尼莫船长决定让“鹦鹉螺号”去到最深的地方探测数据。我准备好了记录测试的结果。

我问尼莫船长，他有没有见过生活在更深处水中的鱼。

“鱼吗？”他回答我，“很少。”

“教授先生，”船长问，“它们是如何生活在大海深处的呢？”

“我有两个理由来解释，”我回答，“首先，由于海水的含盐度和密度不同。”

“很对。”船长说。

“另外，如果说氧气是生命的基础，海水越深的地方，氧气其实越多。”

“啊，你也知道这个？”尼莫船长回答，语气中有一丝惊讶，“教授先生，完全没错，从海面打上来的鱼，鱼鳔里氮气比氧气多。相反，从深海中打上来的鱼，鱼鳔里的氧气则要比氮气多。这说明您的理论是正确的。我们来继续我们的观察吧。”

我把目光又投向气压计。仪器指出的深度是6000米。我们已经下潜了一小时。

一小时后，我们到达了13000米。在14000米处，我看见一些海水中凸显出来的黑色山峰。

虽然“鹦鹉螺号”承受着巨大的压力，却仍然在下沉。我感觉到潜艇的钢板在颤动。

我们达到了16000米的深度，“鹦鹉螺号”受到的压力为1600个大气压！

“多么可怕的深度啊！”我叫道，“这是人类从未到达过的深度啊！您看，船长，您看这些妙不可言的岩石，要是能带回一点就好了！”

“拍一张这区域的海底照片再简单不过了！”船长回答。

尼莫船长拿来了一台照相机，拍下了一张非常美丽的照片。

可以看到这些原始的岩石，岩石中掏空的深洞。远处，在天际线那边，是延绵起伏的山脉，构成了照片的背景。光滑、黑色、平整的岩石，没有一点苔藓，没有一点斑点，形状切割得非常奇怪，稳固地坐落在地毯似的沙地上。沙子在电灯光的照耀下闪闪发光。

然而，尼莫船长在照完相后，对我说：

“咱们上去吧，教授先生。”

“我们上去。”我回答。

“您站稳了。”

还没来得及理解尼莫船长给我的建议，我就摔倒在了地毯上。

在船长发出信号之后，螺旋桨就转动起来了。“鹦鹉螺号”闪电般迅速升起，像气球一样往上升。

4分钟内，“鹦鹉螺号”回到了海面，像条飞鱼似的冒出海面之后，它又落下来，溅起了一大片浪花。

3月13日，“鹦鹉螺号”朝南驶去。我以为潜艇会掉头向西，重回太平洋海面，然而潜艇继续开往南边。它这是要去哪儿呢？

有一天，“鹦鹉螺号”遇到一大群抹香鲸。它们非常大，大得像一座座小岛。一直到3月14日，我看见了浮冰。

“鹦鹉螺号”进入了南极圈。

四面八方都有浮冰坍塌的轰鸣声。这些冰山破裂的时候，“鹦鹉螺号”正潜在水下，声音传来，强烈得可怕。大冰块的崩塌产生了可怕的漩涡，一直波及深水层。

突然，冰原彻底挡住了我们的道路。尼莫船长尝试用“鹦鹉螺号”冲破冰原。在20次无效的冲击之后，“鹦鹉螺号”不能动弹了。

船长观察了一会儿情况之后，对我说：

“教授先生，您有什么想法？”

“我想，我们被困住了，船长。”

“啊！教授先生，”尼莫船长回答，“您总是只看到障碍！我向您保证，‘鹦鹉螺号’不仅能摆脱出来，还能走得更远！”

“更往南吗？”我望着船长问。

“是的，先生，去南极。”

“走到南极！”我惊呼。

是的，我知道。船长非常勇敢！但是到目前为止，地球上还没有人类到达过南极！

尼莫船长淡定地说：“我们从下面绕过浮冰。”

“从下面！”我大喊，“如果我没记错的话，大浮冰在水下的部分和水上部分之比，是4比1？”

“差不多，教授先生。这些冰山的高度不到100米，它在水下最多也就300多米。唯一的困难是，”尼莫船长说，“要下潜好几天，不能更换空气储备。”

尼莫船长一刻也没有耽搁。他发出信号，大副出现了。他们用我听不懂的语言迅速交谈了几句，十来个船员登上“鹦鹉螺号”两侧，手上拿着镐。他们凿开船身周围的冰，船的下部不久就能活动了。“鹦鹉螺号”开始慢慢潜了下去。

我和孔塞伊来到客厅坐下。透过玻璃，我们可以看到南极海深处的海水。到了300米左右，就像尼莫船长所预料的那样，我们就在延绵起伏的大浮冰下面行驶了。但是，“鹦鹉螺号”下沉到了更深的地方，直到800米。

深夜2点左右，我准备去休息几个小时。尼莫船长还待在驾驶室里。

第二天，3月19日，凌晨5点的时候，我又回了客厅里。“鹦鹉螺号”放慢了速度。它谨慎地浮向水面，慢慢排空储水罐里的水。

我心跳加速。我们是要浮出水面，重新呼吸到极地的自由空气吗？

不是。我们感受到了冲撞，“鹦鹉螺号”撞上了大浮冰的下层！

这一天里，“鹦鹉螺号”反复这样试了好几次，总是撞到上面像天花板一样的冰墙。

这天夜里，我睡得不太好。我起来好几次。“鹦鹉螺号”继续反复试探着。我目不转睛地看着气压计，希望“鹦鹉螺号”能尽快回到海面上。

终于，3月19日，早晨6点，客厅的门打开了。尼莫船长出现了。

“先生，我们回到海面了！”他对我说。

我冲向平台。是的！我们回到了海面！海面上只有零星的冰块，一些浮动的冰山。

“我们是在南极吗？”我问船长，心脏怦怦直跳。

“我不知道，”他回答我，“中午我们会测量一下。”

在南面，距离“鹦鹉螺号”10海里的地方，有一座孤零零的小岛。我们小心翼翼地朝小岛驶去。一小时以后，我们到达小岛。

小艇被放到了海里。船长、他的两个船员、孔塞伊和我一起上了小艇，时间是上午10点。小艇里还装有一些测量工具。

小艇来到沙滩，在那里搁浅。正当孔塞伊要跳下地的时候，我拦住了他。

“先生，”我对尼莫船长说，“第一个踏上这片土地的荣誉属于您。”

“是的，先生，”船长回答，“因为至今为止，还没有人在这里留下过足迹。”

说完，他踏上了这片土地。他异常激动地爬到一块岩石上，在那里抱着双臂，目光炽热，岿然不动，肃然静默。大概5分钟后，他朝我们转过身来。

“先生，你们下来吧。”他朝我们喊。

我下地了，孔塞伊跟着我，两个水手留在小艇里。

走了半英里以后，地上出现很多坑洞，那是企鹅用来下蛋的窝。我们靠近的时候，从里面跑出来很多鸟。

雾一直很大，太阳还没有出来。没有太阳，我们就不能测量位置。中午了，太阳还是没有露面。这个季节，南极能看到太阳的时间很少。

“明天再测吧。”船长说。我们回到了“鹦鹉螺号”里面。

第二天，3月20日，风雪停了。天气冷得刺骨。这时是早上8点钟。在12点之前，我们还有4个小时可以利用。

我站在他旁边，一言不发地等候着。正午时分，跟前一天一样，太阳不肯出来。

明天是春分，南极圈的长夜期就开始了。要到9月才能再次看到太阳。也就是说，明天就是能看到太阳光的最后一天了。

3月21日，凌晨5点，我走上平台，看见尼莫船长已经在那里了。

“天气晴朗了一点，”他对我说，“很有希望见到太阳。我们去陆地上，选一个观测点。”

我们走到一座尖峰顶上，12点差一刻，太阳的光线洒向这荒芜的大地，洒向这人类还未驰骋过的海洋。船长拿着望远镜，我拿着精密时计，心跳剧烈。如果那半个太阳的消失正好和精密时计上的正午吻合，那我们就是在南极。

“正午！”我大声喊道。

“南极！”尼莫船长回答，声音庄重。他把望远镜递给我，望远镜里显示，太阳正好被地平线切割成均等的两份。

这时，尼莫船长用手扶住我的肩膀，对我说：

“先生，这块占据了地球已知陆地六分之一的土地，现在属于我。”

“以谁的名义呢，船长？”

“以我自己的名义，先生！”

说完，尼莫船长在这片岛屿上插了一面旗。

十五、冰山遇险

第二天，早上6点钟，“鹦鹉螺号”开始做出发的准备。它慢慢下沉到1000英尺深的地方，然后以每小时15海里的速度朝北航行。

凌晨3点，我被一个猛烈的撞击惊醒。“鹦鹉螺号”撞上了什么东西，倾斜得厉害。

我来到客厅。客厅里的家具全都倒了。正当我要离开客厅时，尼德和孔塞伊进来了。

“怎么回事？”我马上问他们。

“我们不知道。”孔塞伊回答。

这时尼莫船长进来了。他似乎没看我们，他平时冷静克制的面容，此刻显得有些不安。

“‘鹦鹉螺号’搁浅了吗？”我问。

“是的。我们被困在了两层冰中间。我们要尽快逃离这里！”尼莫船长说。

“那怎么办呢？”孔塞伊问。

我说：“操作非常简单，我们会原路返回，从南面的出口出去。”

几小时过去了。我不时观察挂在客厅护板上的仪器。气压计显示，“鹦鹉螺号”一直维持在300米的深度，罗盘显示始终往南。

8点25分，发生了第二次撞击。这次是在船的后部。我脸色刷白。

这时候，船长走进客厅。我朝他走去。

“南面的路堵住了？”我问他。

“是的，先生。冰山翻转过来，把所有出口都堵了。”

“我们被封锁了？”

“是的。”

就这样，“鹦鹉螺号”周围，上下左右都是穿不透的冰墙。我们被大浮冰困住了！

“先生们，”船长用一种平静的语气说，“在我们所处的情况下，有两种死法。”

“第一种，”他继续说，“是被压死。第二种，是窒息而死。”

我们穿上潜水服出去挖冰，但是，海水慢慢地又结冰了。

“阿罗纳克斯先生，”尼莫船长对我说，“水不断在结冰，必须想个办法了，不然我们就像被封在水泥里一样。”

“船上储存的空气还够我们呼吸多少时间？”我问。

“后天储存就会用光！”船长说。

尼莫船长很快就想到了一个办法。

“沸腾的水！”他说。

“沸腾的水？”我大声问。

“是的，先生。‘鹦鹉螺号’的水泵喷出沸腾的水，难道不能提高这里的气温，延缓海水结冰吗？”

“必须试一下。”我坚决地说。

“我们就试一下吧，教授先生。”

喷水开始了，3小时后，温度计显示外面的温度是零下6℃。我们让气温升高了1℃。又过了两小时，温度计指示的是零下4℃。

夜里，水温升到零下1℃。海水只有在低于零下2℃时才结冰，我终于放心了。

这一天，是我们被困的第6天，艇上的氧气已经非常少了。尼莫船长觉得用十字镐挖得太慢，决定加重“鹦鹉螺号”，用潜艇把最后那层冰给撞破。

这时候，所有的船员都回到船上来，沟通内外的两重门也都关上了。储水罐的所有龙头都打开了，“鹦鹉螺号”的重量增加了100吨。

我们等待着，倾听着。能否得救，就在这最后一搏。

“鹦鹉螺号”发起了冲刺，冰层碎裂了，像是纸撕碎的声音，“鹦鹉螺号”沉了下去。

“我们穿过去了！”孔塞伊说。

穿过去之后，“鹦鹉螺号”像一枚炮弹一般，沉入水里，也就是说，它坠落了！

紧接着，所有的电力都用到水泵上，立即开始排除储水罐中的水。几分钟后，气压表就显示潜艇在上升。

但是，还要航行多久，才能到达海面呢？还要一天？在这之前，我们就已经死了！

我半躺在图书室的长沙发上，感到窒息。时间就这样流逝，还没有到达海面，我却已经感受到濒临死亡的痛苦。

忽然我苏醒过来。几口新鲜空气进入我的肺里。我们已经浮上水面了吗？

不！是尼德和孔塞伊，我那两位忠诚的朋友，为了救我而牺牲了自己。储气罐中还剩下一点空气，他们把空气给了我。

这时，气压表显示，我们离海面只有20英尺。还有一层普通的冰原横亘在我们与大气之间。

接着，“鹦鹉螺号”像一个巨大的羊角锤，从下面撞击冰原。它逐渐凿穿冰原，然后撤退，再全速撞击。冰原逐渐裂开了。最后，潜艇猛力一冲，冲破了冰原，用自身重力将它压碎。

“鹦鹉螺号”回到了海面，舱盖打开了，纯净的空气一下就涌入了“鹦鹉螺号”的各个角落。

十六、与章鱼搏斗

当我苏醒过来，我说的第一句话是感谢我的两位同伴。尼德和孔塞伊用他们的储气罐，延长了我的生命。

我是如何到了平台的，我自己也说不清楚。可能是尼德把我背上去的。我呼吸着，贪婪地吸入海上的新鲜空气。

“啊！”孔塞伊说，“氧气真是好东西！”

“鹦鹉螺号”飞速地行驶着。不久我们就越过南极圈，向北边前进。

4月1日，“鹦鹉螺号”在正午之前几分钟浮出水面，我们看到西面有一片海岸。这是火地岛。“鹦鹉螺号”又潜入水里，靠近海岸行驶。临近傍晚，“鹦鹉螺号”接近福克兰群岛。

这种高速保持了几天，4月9日晚上，我们来到了南美洲。

一连好几天，“鹦鹉螺号”始终和海岸保持着距离。六个月以来，我们一直在“鹦鹉螺号”上，就像尼德所说，船长不会让我们离开。

4月20日，我们下降到大约1500米的深度，这里有很多大型海藻。

上午11点左右，我看到在大型海藻中间，出现了可怕的骚动。

“小心！”我说，“这里是真正的章鱼的洞穴。”

“什么！”孔塞伊说，“是枪乌贼吗？”

“不，”我说，“是那种巨型章鱼。”

“我真想面对面看看这种大章鱼，这种动物能把船拖到海底。”孔塞伊说。

“就吹吧，”尼德嘲讽地回答，“我不相信有这种动物的存在。”

“快看！”我喊道。

这是一条体形硕大的章鱼，长8米。它敏捷地向“鹦鹉螺号”游过来，用它海蓝色的大眼睛望着我们。

尼德冲向舷窗。

“多么恐怖的动物啊！”他惊叫。

这种怪物接二连三出现在舷窗边，足足有7条章鱼。它们极其精准地始终围堵在我们周围，几乎一动不动。

突然，"鹦鹉螺号"停住了，一次撞击使整个船体震动起来。"鹦鹉螺号"漂浮了起来，它不再前行。

过了一会儿，尼莫船长走进客厅，身后跟着大副。

"一大群章鱼。"我对他说。

"确实如此，博物学家先生，"他回答我，"我们要跟它们进行肉搏。"

"肉搏？"我重复了一遍。

"是的，先生。螺旋桨停了。我想其中一条章鱼卷进了叶片中。"

"您准备怎么办呢？"

"浮出水面，把它们都杀死。"

"这个任务不轻松啊。"

"的确。电子弹对它们软绵绵的肉无能为力，我们只能用斧子去攻击它们。"

"还可以用捕鲸叉，先生。"尼德说。

"好的，尼德师傅。"

"我们陪你们去。"我边说边跟着尼莫船长走向中央楼梯。

那里已经有十来个人，手上都拿着斧子，随时准备出手攻击。孔塞伊和我也拿了两把斧子。尼德抓了一把捕鲸叉。

只听尼莫船长大吼了一声，冲了出去。我们也随着他一拥而上。

章鱼的触角落在尼莫船长前面的水手身上，以不可抵御的力量把他提了起来。这个不幸的人，被触须缠住，黏在吸盘上，随意在空中甩来甩去。他发出嘶哑的喘息声，就快窒息了，喊道："救命啊！救命啊！"

尼莫船长冲向章鱼，一斧头砍下去，又砍断一条腕足。我们和章鱼展开了激烈的搏斗。勇敢的尼德也被章鱼掀翻在地。章鱼向他张开了大嘴。幸好尼莫船长及时出手，他的斧头砍向这只章鱼，尼德得救了。

这场战斗持续了约莫一刻钟，最后战场上只剩下我们，那些章鱼拖着残破的肢体潜入水中逃走了。

尼莫船长全身都被血染红，站在舷灯旁一动不动，看着吞噬了他一位同伴的大海，大滴的泪珠从他眼里滚落下来。

这可怕的场面，令我们终生难忘。

自从我们到船上以来，这已经是他失去的第二个伙伴。我们的这位朋友，死得多么惨烈啊！他被章鱼可怕的腕足缠紧、窒息、压断，被它的钢牙磨碎，无法在珊瑚墓平静的海水中安息！

十七、船长的反击

“鹦鹉螺号”就这样在海上随波逐流地漂了十天。我们此时身处墨西哥湾暖流中，流速是每秒2.25米。很长一段时间里，我没有再看到尼莫船长。

将近七个月过去了，我们看不到一点儿陆地的影子。还有，尼莫船长像是变了一个人，他变得沉默寡言。我不再感受到刚上船时他所表现出来的那种热情。

我找到了船长。

“您找我有事吗？”船长问。

“我想和您谈谈海洋的研究成果，船长。”

“阿罗纳克斯先生，这是一份用几种语言写成的手稿。它包含了我对于海洋研究的综述，我会把它装进一个不会沉没的小容器里。‘鹦鹉螺号’上活到最后的人，会把这个容器扔进大海，它将随波而去。”

“船长，”我回答，“您这样做的想法很原始。谁知道风会把这个容器吹到哪里去，它会落到谁的手里呢？我能不能把它们带走？”

“绝对不能，先生。”船长急忙打断我。

我不说话了。尼莫船长站起来。我回到了自己的房间，把我们的谈话告诉了我的两个同伴。

“现在我们知道，”尼德说，“船长不会放我们走的。不管天气如何，我们逃跑吧。”

接下来几天，天气变得越来越糟糕。风暴马上要来了。

5月15日，我们到达纽芬兰浅滩的最南端。

我听到一声沉闷的爆炸声。是一声加农炮响，有一艘船对我们发起了攻击。这艘船在全速前进，距离我们6海里。

这是一艘大战舰，有冲角，是一艘有双层甲板的铁甲舰。

这时战舰面前冒出一股白烟。接着，几秒之后，一个重物坠落到水中，水花飞溅到“鹦鹉螺号”的后部。不一会儿，爆炸声传到我的耳朵。

“怎么？他们对我们开炮？！”我惊叫。

自从“林肯号”战败之后，各个国家的战舰都在搜捕这艘可怕的毁灭性武器！炮弹越来越多地落到我们周围。但是没有一颗炮弹打中“鹦鹉螺号”。

“啊！这条该死的战舰！”船长气势如虹地喊道，“我会给你点颜色瞧瞧！”

尼莫船长在平台前面展开旗帜，和他在南极插上的那面旗帜一模一样。然后，他对我说：“下去，您和您的两个同伴都下去。”

“先生，”我大喊，“这么说，您是要攻击这艘战舰了？”

“先生，我要击沉它。”

“请不要这样做！”

“我必须要这样做，”尼莫船长冷冷地回答，“攻击来了，反击也将是可怕的。您下去吧。”

我回到我的房间，船长留在平台上。“鹦鹉螺号”迅速退到战舰大炮的射程之外。但是追逐仍在继续，尼莫船长仅仅是保持着距离。

下午4点左右，我又回到中央楼梯，我壮着胆子登上平台。我想尝试最后劝说一下。

“我就是法律，我就是正义！”他对我说，“这艘战舰让很多国家受压迫，我代表被压迫的人们进行反击！”

我无话可说，然后我回去找尼德和孔塞伊。

“咱们逃走吧！”我大声说。

“好的，”尼德说，“这艘战舰是哪一国的？”

“我不知道。不管怎样，它会在天黑以前被击沉。无论如何，我不能判断这场报复是否正义。”

“我也这么想，”尼德回答，“我们等天黑吧。”

天黑了，“鹦鹉螺号”非常安静，此后三天的月亮应该是满月，月光皎皎。所以我的两个同伴和我决定在离战舰足够近的时候逃跑，要么让战舰上的人们听到我们的叫喊声，要么让他们看到我们。

凌晨3点，我心中非常不安，便登上平台。尼莫船长没有离开。我回到客厅。

5点钟，“鹦鹉螺号”放缓了航速。它故意让敌人接近。

“我的朋友们，”我说，“时候到了，愿上帝保佑我们！”

尼德正准备冲向楼梯的时候，我拉住了他，储水罐正在灌水。“鹦鹉螺号”在下沉。

船长想从下面攻击这艘战舰。我待在房间内，感觉非常痛苦。我等着、听着，我的生命只剩下听觉！

“砰”的一下！“鹦鹉螺号”受到强大的动力推动，它穿透战舰，就像帆船上的尖杆穿过帆布那样！

尼莫船长站在那里，一言不发，脸色沉郁。他透过左舷窗，向外望着。

一个庞然大物在水中下沉。我看到开裂的船身，甲板上满是骚乱不安的黑压压的人影。我向尼莫船长转过身去。这个可怕的伸张正义者。当这一切结束时，尼莫船长朝他的房门走去，打开门进去了。

十八、逃离“鹦鹉螺号”

“鹦鹉螺号”内部一片昏暗和寂静，护窗板关闭起来了，客厅中的灯没有打开。这艘潜艇独自在水下100英尺深处快速航行。它要去哪里？去北方还是南方？在实施了这场可怕的报复之后，船长要驾驶“鹦鹉螺号”逃到哪里？

我回到自己的房间，尼德和孔塞伊默不作声地坐在里头。

我的心中对尼莫船长升起一股难以抑制的憎恶。不管他在世人那里受过什么苦，他也没有权利如此惩罚他人。

晚上11点，电灯又亮了。我来到客厅，里面空无一人。我看看仪器，“鹦鹉螺号”以每小时25海里的速度向北面逃去，有时在海面，有时在水下30英尺。

这天晚上，我们在大西洋越过了200法里。夜色降临，海面被黑暗笼罩，直到月亮升起来。

我回到自己的房间，怎么也睡不好。战舰毁灭的可怕场景不断在我脑海里盘旋。

从这天起，谁能说得出“鹦鹉螺号”会把我们带到这北大西洋盆地的哪个地方呢？它始终以难以估计的速度航行！尼莫船长一直没有露面。大副，就更不用说了。哪怕是片刻，也不见任何船员出现。“鹦鹉螺号”几乎分秒不停地在水下航行。当它回到水面上换气时，舱盖自动打开。地球平面球形图上也没有标记，因此，我不知道我们身处何地。

一天早上，我昏昏沉沉地醒来。尼德正俯身看着我，他低声对我说："咱们逃走吧！"

我坐起身，问道："我们什么时候逃走？"

"今天夜里。'鹦鹉螺号'所有的监控好像都解除了。可以说整艘潜艇都陷入了麻木状态。先生，您能准备好吗？"

"能。我们这是在哪儿了？"

"我今天早晨刚刚在雾霭中看到了陆地，就在东边20海里的地方。"

"这陆地是什么地方？"

"我不知道，但不管是什么地方，我们可以在那里藏身。"

"是的！尼德。是的，我们今晚就逃跑，哪怕大海把我们吞没！"

"海面上的状况不容乐观，风很大。但是坐在轻型小艇上航行20海里，问题不大。我可以瞒着艇上的船员，偷偷运一些食物和几瓶水上去。"

"我跟您一起去。"

"另外，"尼德又说，"如果我被抓住了，我就自我防卫，我宁愿被杀死。"

"我们一起死，尼德老弟。"

我决定破釜沉舟了。这一天，我既害怕又希望遇到尼莫船长。我该对他说什么呢？

这一天是多么漫长啊，"鹦鹉螺号"上的最后一天！尼德和孔塞伊都避免和我说话，担心会暴露。

晚上6点钟吃晚饭，虽然很不想吃，但我还是强迫自己吃饭。我不想让自己体力虚弱。

晚上6点半，尼德走进我的房间。他对我说："我们出发之前就不要再见面了。10点钟，月亮还不会升起来。您利用这黑暗到小艇来。我和孔塞伊在那里等您。"

我想核实"鹦鹉螺号"的航向，于是来到客厅。我们正以惊人的速度在50米深的水里朝东北偏北方向航行。

我想最后看一眼堆积在这陈列室里的大自然的奇观，这些艺术瑰宝，这无与伦比的收藏，有朝一日，它们会和它们的收藏者一起沉入海底。我就这样待了一个小时。

我在房间里换上结实的航海服，收起笔记，把它们珍藏在我身上。我心跳得很剧烈。毫无疑问，我的慌乱和躁动，在尼莫船长的眼中，一定会暴露无遗。

这时候他在做什么呢？我在他的房间门口侧耳细听，听到里面有脚步声。尼莫船长在房里，他还没有睡觉。他每走一步，我都感觉他就要出现在我面前，问我为什么想逃跑！我感到无法平息的惊慌，我的想象力更是把这种惊慌放大了。这种感觉开始令人心碎。

晚上9点半，我双手抱着头，防止它炸裂。我闭上眼睛，不愿再思考。还要等半个小时！这半个小时可能会把我逼疯！

这时，我听到管风琴模糊的声音，那是一首不知名的曲子，从中流淌出一种忧伤。我用尽我的感官，屏息凝神，全神贯注地倾听，和尼莫船长一样，沉醉在这使他脱离人世烦恼的音乐中。

快晚上10点了，该离开房间和我的两个同伴会合了。

我小心翼翼地打开房门，沿着“鹦鹉螺号”幽暗的纵向通道，匍匐前行，每爬一下都要停下来，让心跳平息一下。

我在地毯上慢慢挪动，尽可能不碰到任何东西，以免发出响声暴露我的存在。我花了5分钟，到达客厅另一端的门边。

我狂乱地冲向图书室，爬上中央楼梯，沿着上层的过道，来到了小艇。我从开口处爬入艇中，我的两个同伴已经通过这个开口进去了。

“我们走吧！我们走吧！”我喊道。

“马上走！”尼德回答。

在“鹦鹉螺号”船身钢板上开的那个孔被关闭了。尼德用带来的扳手把螺丝拧开。

突然潜艇内传来一丝声响。怎么回事？他们发现我们逃跑了吗？尼德往我手里塞了一把匕首。

“好吧，”我低声说，“我们不怕死！”

但是，我们听见他们喊的是：“迈尔大漩涡！迈尔大漩涡！”

迈尔大漩涡！是航道中的海流形成的翻腾漩涡，没有船只能从那里边脱身。

四面八方掀起了可怖的惊涛骇浪，它的吸引力一直延伸到15公里远。被吸进漩涡的，不仅有船只，还有鲸鱼，也有北极的白熊。

“鹦鹉螺号”画着螺旋形的圈子，圈子越画越小。小艇还附在它身上，也和它一样，被这令人目眩的速度带着旋转。

我感觉到了一种长时间的、病态的旋转。我们处在惊慌失措中，恐惧到了极点，血液都要凝滞了，神经失去了反应，

和垂死的人一样，全身冒着冷汗！

“鹦鹉螺号”的钢铁肌肉咯咯作响。有时候，它直立起来，我们也跟着它一起直立起来！

“要撑住，”尼德说，“必须拧紧螺丝！挂在‘鹦鹉螺号’上，我们还有机会得救……”

还不等他说完，只听“咔嗒”一声，螺丝掉了，小艇离开了艇槽，像一块投石机发出的石头一般，被抛入了大漩涡中。

我的脑袋撞上一根铁条，在这猛烈的冲击下，我失去了知觉。

十九、祝福尼莫船长

那天夜里发生了什么，我们的小艇是如何逃离了可怕的迈尔大漩涡，尼德、孔塞伊和我如何脱离了这个无底深渊，我一无所知。

当我醒来时，我正躺在挪威罗弗敦群岛的一个渔民的小木屋里。

我的两个同伴安然无恙地在我身边。我们热烈地互相拥抱。

我们考虑立即回法国。挪威交通不便，当地人说半个月后，会有船来接我们。

在那半个月时间里，我把这次历险的记录重新翻阅了一下。记录的内容非常精准，没有记漏一件事，也没有夸张一处细节。它忠实地记录了我们几个在人迹罕至的海底所经历的事情。

在不到十个月的时间中，我在海洋底下走过了两万海里，我也有权来讲述这次海底环球旅行，它带着我穿过太平洋、印度洋、红海、地中海、大西洋、南北极海域，向我揭示了大自然无限的奇观！

人们会相信我的记录吗？我不知道，也无所谓了。

可是“鹦鹉螺号”怎么样了？尼莫船长还活着吗？他在大洋底下继续着他的可怕报复吗？还是在上一次的大屠杀之后

就收手了？海浪有一天会把他的手稿带来陆地吗？我甚至都不知道他的真实姓名！不管怎么样，我还是希望强大的潜水艇能战胜海洋中最可怕的漩涡，希望在那无数船只遇难的地方，“鹦鹉螺号”能够绝处逢生。

神秘岛

从一无所有，变成富足的居住者

一、空中遇难

这是1865年3月23日下午四点，从太平洋上空传出的对话。

“我们又在往上升吗？”

“不是，我们在往下降！”

“史密斯先生，不是在下降，是在坠落！”

“我好像听到有波浪拍击的声音！”

“吊篮下面就是大海！”

“距离我们最多只有一百五十米！”

“把所有的重物全部扔下去……所有的！”

一只氢气球被卷进一股气流的旋涡中，以飞快的速度转动着。氢气球下面挂着一只吊篮，吊篮里有五个人，氢气球和吊篮一直在往下坠落。他们将吊篮中的东西往下丢，以减轻重量，好让氢气球回升。

在他们的下面是一片广阔的大海，一旦掉下去，肯定会葬身鱼腹。

深夜两点左右，氢气球离海面只有一百二十多米了。这时，一个洪亮的声音突然响起：“所有的东西都扔掉了吗？”

“没有，还有一万金法郎没扔！”

一个沉重的袋子被扔出吊篮。

“氢气球往上升了吗？”

“升了点儿，但马上就会下降的！”

“还有什么可以扔的？”

“没有了。”

“有！……吊篮！”

“大家抓牢网索，把吊篮扔掉！”

这确实是减轻氢气球重量最后的也是唯一的方法了。

吊篮掉了下去，氢气球向上飘了一会儿。但是，没过多久，它又开始往下坠。

因为氢气球破了一个洞，气体一直往外漏。这五个人已经没有别的办法了。

突然，狗叫了起来。那是他们带着的狗，名叫托普。

“托普想必看见了什么！”一个声音说。

“陆地！陆地！”另一个声音大声应答。

他们看到了活下去的希望，但是陆地离他们还很远。剩下的那一点氢气能支撑氢气球飘到陆地上吗？

时间一分一秒过去，氢气球渐渐贴近海面。它像只翅膀受伤的鸟儿，已经飞不起来了。

幸运的是，氢气球竟然被一个巨浪撞击后又升了起来，摇摇晃晃地落在了一片沙滩上。

大家连忙从氢气球中挣脱出来。空荡荡的氢气球转瞬即被风吹起，消失在空中。

吊篮中原来有五个人加一只狗，可是现在只有四个人。

失踪的那个人和那只狗肯定是被刚才的海浪卷走了。看来，正因为少了这些重量，氢气球才又飘升起来的。

这四个幸存的人大声地一起呼唤失踪的伙伴，希望他能够听到。

刚刚落到海滩上的这几个人是美国南北战争中逃跑的战俘。无论是在激烈的战场上，还是在险象环生的氢气球旅途中，他们好几次都差点死去。

1865年2月，格兰特将军的几名手下被敌人抓住，囚禁在城中。其中最出名的是一个叫史密斯的工程师。他身材瘦削、双眼炯炯有神。接受过良好教育的史密斯既是活动家，又是思想家。无论遇到什么困难，他都能保持冷静，意志顽强，永远乐观。

与他一起被俘虏的还有一名叫斯皮莱的专栏记者。他身材高大，目光坚定，是一个思想活跃、行动果敢的人。他曾经走遍世界各地，无数次在枪林弹雨中采集新闻。

史密斯和斯皮莱同时被抓住，让他们有机会认识对方。相见恨晚的两人约定要一起逃走。

这时，史密斯遇到了以前的黑人仆人纳布。三十岁左右的纳布依旧天真，每天乐呵呵的。已经成为自由人的纳布甘愿继续为史密斯先生效劳。

在被关押的这些天，他们还认识了水手彭克罗夫。他皮肤黝黑却十分英俊，敢于冒险。他还带着一个十五岁的孤儿，名叫哈伯。彭克罗夫十分疼爱哈伯，他想带着哈伯逃离这座牢笼。

他们想了很多办法，最后，五个人约定乘坐氢气球逃离。

氢气球是前人留下的。3月20日晚上九点半，他们轻手轻脚地在漆黑的夜幕下爬进氢气球的吊篮，将吊篮里的沙包一个个扔掉。

氢气球变得越来越轻。一阵大风吹来，即将飞到天空去的时候，一只狗突然跳进吊篮里——是工程师史密斯的宠物狗托普。

狂风劲吹，氢气球不一会儿就消失在空中。五天之后，他们狼狈地坠落在了那个沙滩上。

二、史密斯不见了

在巨浪中失踪的人正是史密斯，他的爱犬托普也因为救主心切一起不见了。

四人刚一降落在沙滩上，就不顾疲劳，立即开始寻找史密斯。可怜的纳布想到自己失去了最尊敬的人，不禁大声哭了起来。

史密斯失踪的地点是在海岸北面，离四人上岸的地点大约八百米。也就是说，他离海岸应该有八百米左右。

这时是傍晚时分，薄雾飘飞，夜色朦胧。海岸边寸草不生，坑坑洼洼，走起来十分艰难；海鸥翻飞，叫声不断。

他们边走边大声呼唤，不时停下脚步倾听。但是，除了波涛声和海浪拍岸的声响，就没有其他声音了。

二十分钟后，他们被滚滚波涛挡住了去路。这里是海角尽头，眼前都是海水。

四人齐声呼喊，仍然没有回应，只有海涛声不停地传过来。

四个人只好沮丧地往回走。走了大概三千多米，他们又被海水阻挡了去路。

“我们这是在一个岛上！我们已经从岛的一端走到另一端了！”彭克罗夫大声说道。

没错，他们坠落的地方根本不是陆地，而是一个小岛，一个乱石丛生、寸草不长、四周全是海水的小岛。

大家都非常尊敬史密斯先生，失去他让大家十分痛苦。他们决定明天天亮后继续寻找。

3月25日凌晨五点，东方泛白，海面上飘起一层浓雾。大家往四周望去，只见大片的雾气笼罩着海面，一点陆地的影子都无法看到。

六点半左右，太阳升起来，雾气渐渐地散去，整个小岛清晰起来。陆地终于出现在小岛西边，与小岛隔着一条海峡。

这时候，纳布突然跳入水中，急切地想游到对面的陆地去。斯皮莱也准备跟着游过去，彭克罗夫却拦住他说："怎么，您想游过海峡？"

"是的。"斯皮莱回答道。

"您先等一等。请您相信我，纳布一个人就可以救他的主人。现在我们体力虚弱，可能会有危险。等潮水退了之后，我们也许能找到一条路走过去。"

纳布上岸以后，拔腿就去寻找主人。

在这段时间里，斯皮莱、彭克罗夫和哈伯在小岛上仔细地观察。小岛的海岸上寸草不生，但是右边的断崖后还是有一些绿色草木。而在西北方向，有一座披着皑皑白雪的大山。这片陆地是个孤岛，还是与大陆相连？一时还说不清楚。

也许他们得在这儿生活许多年。如果小岛远离航线，他们可能永远不会被人发现，一生都要被困在这里了。

"彭克罗夫，您怎么看？"哈伯问道。

"凡事有利有弊。"彭克罗夫说，"现在正在退潮，之后我们就能找出一条通往对岸的路来。我觉得找到史密斯先生是完全有可能的。”

作为一个水手，彭克罗夫的预言完全正确。三个小时后，海水退下去了。小岛与对岸之间是一条狭窄的水道。他们从这条水道向对岸走去，不一会儿，三个人就顺利到达了对岸的陆地。

三、流落荒岛

上岸后，斯皮莱让彭克罗夫待在原地，他顺着几小时之前纳布所走的方向找去。他攀上悬崖，绕过峭壁，很快便不见了踪影。

哈伯也想一起去，但彭克罗夫拦住了他。

“你别去，孩子。”彭克罗夫说，“我们得准备一下住的地方，还得想办法弄些食物。朋友们回来时，需要休息和填饱肚子。”

“那好，我听您的。”哈伯回答。

两人在巨大的石壁脚下一路寻找，发现了味道辛辣却美味的石蛏，津津有味地美餐了一顿。

解决了饥饿问题，口渴问题接踵而至。当务之急是找到淡水。大约走了两百来步，他们发现了一条河流，河水流向八百米外的矮树林中。

“这里有溪水，矮树林有木柴，现在就只剩寻找住所了，哈伯。”彭克罗夫说。

幸运的是，他们发现了一个巨大的岩石堆，是一个可以藏身的好地方。探险者们一般把这种地方称为“壁炉”。

石堆里面光线充足，地势平坦，住人完全没有问题。

“我们把这儿收拾一下，”彭克罗夫说，“等他们把史密斯先生找回来时，他一定会喜欢这个住处的。”

二人离开“壁炉”继续探索，来到一片美丽的树林。秋季的树木依然苍翠浓密，雪松散发出的清香味弥漫在空气中，彭克罗夫脚下踩的枯枝发出噼里啪啦的声响。

“孩子，”彭克罗夫对哈伯说道，“这些枯枝可以作为柴禾，这是我们眼下最需要的东西了。”

干燥的枯枝燃烧速度很快，所以得多运一些回去。但是要怎样才能将它们运回去呢？

“唉，”彭克罗夫叹息道，“要是有辆大车或一条船就好了！”

“那就利用河水吧。”哈伯说。

“好，我们来打造一个木排，让木排带着这些枯枝沿河流漂下去。”

“可是现在正在涨潮，运输方向正好相反。”哈伯说。

“那就等退潮再说。我们先来做木排。”彭克罗夫提议道。

他们用枯藤条扎住一些大木头，做成了木排，然后把捡的木柴堆到木排上去。

离退潮还有几个小时，两个人决定爬上高处，更全面仔细地观察这个地方。

从高处望去，他们看到遥远的西边有一座顶着白雪的高山。从离海岸三公里处开始，斜坡上生长着大片大片的绿色树木。从树林边缘到海边，是一块平原。平原左侧是小河，流水穿过林中空地，似乎是从山石间流出来的。

在他们放木排的地方，左边石壁十分陡峭，右边石壁十

分倾斜，整片石壁变成一块一块的岩石，岩石又变成石子，石子又变成沙砾，一直延伸至海角尽头。

“我们像是在一个小岛上呀？”彭克罗夫自言自语道。

“不管怎么说，这个岛看上去还是蛮大的。”哈伯说。

不论是小岛还是陆地，这里的土地似乎很肥沃，也有不少植物，应该有办法获取丰富的食物。

“挺好，”彭克罗夫说，“落在这么个地方，也算是不幸中的万幸了。”

他们沿着南边山脊往回走，一路上有成百上千只鸟儿在这里栖息。

“啊，这不是海鸥也不是沙鸥！”哈伯惊呼道。

“那是什么？会不会是鸽子？”彭克罗夫问道。

“对，是鸽子，不过是野鸽或岩鸽。它们翅膀上有两道黑纹，尾巴是白色的，羽毛是青灰色的。如果岩鸽肉可以吃，那么它们的蛋应该也好吃。但愿它们在窝里留下点儿蛋才好！”

两人仔细地搜索花岗岩的孔隙，还真让他们发现了一些鸟蛋。他们立刻捡起来，把它们包在手帕里。

海水马上要退潮了，两人赶快从山上下来，将木排放到水面上。不久，木排已经漂流到“壁炉”附近了。

把木排上的木柴卸完以后，他们开始认真收拾“壁炉”。两人还造了一个炉子，准备生火做饭。

哈伯问水手身上有没有火柴时，水手正忙着搬柴禾。

“糟了！”他看着哈伯说道，“火柴肯定是途中弄丢了！哈伯，你有没有火柴？”

“没有！我怎么会有呢？”哈伯也着急了。

两人连忙在沙滩上、石缝间、河岸上仔细寻找火柴盒。

“在吊篮上时，您有没有把它和其他重物一起扔掉了？”哈伯问。

“我记得清清楚楚，没有扔掉。真糟糕，到底丢哪儿去了呢？”

他们来到着陆的沙滩上寻找，也没有找到。

大约晚上六点，夕阳落下，哈伯看到纳布和斯皮莱回来了，但他没有见到史密斯先生。哈伯不禁心头一紧，难受得无法用语言形容。

斯皮莱讲述了他们寻找的经过。海滩上没有任何人的痕迹，史密斯先生可能已经葬身大海了。

斯皮莱刚一说完，纳布便跳起来大声说：“不，他没有死！他绝不会死！”

“纳布，”哈伯连忙劝解道，“我们会找到他的！您饿了，该吃点儿东西了。”

哈伯边说边递给他一些食物。但纳布不肯吃，他不愿意离开主人独自活着！

这时，彭克罗夫走上前去，问斯皮莱有没有火柴。

斯皮莱全身上下摸了一遍，终于在背心的夹层里找到了一根火柴。

“太好了！有了这根火柴，就等于是有了一船的火柴了！”彭克罗夫嚷道。

不一会儿，干柴便噼噼啪啪地响了起来，越烧越旺，“壁炉”内亮了起来。

现在的关键是绝不能让火熄灭，必须保留一些红火炭。木柴存了不少，燃料不缺，只要火种不灭，火的问题就解决了。

随后他们用火烤了一顿美味的鸟蛋晚餐。

夜幕落下，洞外狂风怒吼，巨浪拍岸，发出咚咚的撞击声，让人昏昏欲睡。斯皮莱在记录当天的情况；彭克罗夫不断地给火添加木柴；小哈伯早早就进入了梦乡；伤心的纳布则整夜在海滩上徘徊，不停地呼唤着主人……

四、史密斯回归

小岛附近没有任何人类生存过的痕迹，为了活下去，他们什么都得做。

这几个被抛到小岛的幸存者，除了身上穿的衣服以外，一无所有。他们在吊篮上为了保住性命，把所有的东西都扔进了大海。当然，身为记者的斯皮莱还小心地保存着笔记本和手表。

这时如果史密斯还在，凭他的才能和智慧，他一定会有办法。可是现在他在哪儿呢？

3月26日早晨，天刚亮，纳布又沿着海岸走到史密斯失踪的地点，彭克罗夫与哈伯一起去树林里打猎，斯皮莱留下照看火堆。

午后，彭克罗夫在草丛中发现了六个松鸡窝，每个里面都有两三个蛋。他们在窝旁布置好绳钩。绳钩上穿着大红毛虫当作诱饵，然后走到一棵大树后面，耐心地等待着。

半小时后，三只松鸡在绳钩附近走来走去寻找食物，没有注意到绳钩上的诱饵。彭克罗夫轻轻地拉了几下钩绳，钓饵抖动了一下。松鸡果然被吸引过来，用嘴啄它。彭克罗夫猛一抖手，三只松鸡扑扇着翅膀，被钩住了。

彭克罗夫把松鸡的爪子捆起来，同哈伯一起往回走去。虽然很疲劳，但两位猎人却很高兴。

炉火烧得正旺。哈伯加了干柴，火光把通道里最暗的地方都照得亮堂堂的。

彭克罗夫立刻动手准备晚饭——两只美味的烤松鸡。其余的食物留着第二天再吃。

天气变得越来越恶劣。一阵狂风从东南方刮过来，大雨随之倾盆而下，风暴夹着风沙形成一个强大的气旋。炊烟被倒灌进“壁炉”，通道里到处都是烟雾，让人睁不开眼。

已经是晚上八点钟了，纳布仍然没有回来。会不会是这恶劣的天气把他阻拦在什么地方了？彭克罗夫开始担心起来，但这种天气状况下出去找他是不明智的。

大家只能继续留在“壁炉”，先吃晚餐。松鸡味道不错，大家吃得很香，但心里却在隐隐担忧。

深夜两点左右，已经睡着的彭克罗夫突然被推醒了。斯皮莱兴奋地告诉彭克罗夫他好像听到狗叫声了。彭克罗夫刚开始还不相信，但在风雨的间歇中，他果然听到狗叫声。他高兴地大声说道：“是……是的！”

“是托普！是托普！”惊醒过来的哈伯也叫喊起来。

三个人立刻冲到洞口。他们四处张望，可是天太暗了，什么也看不见。但他们再一次听见了狗叫声，在很远的地方。

肯定是托普！彭克罗夫返回洞中，拿起一束燃着的干柴，并吹起响亮的口哨。

不一会儿，狗叫声越来越近。

几分钟后，一只狗奔进洞内。

“是托普！”哈伯喊道。

哈伯将托普搂在怀里，用手拍着它的脑袋。托普温顺地任由哈伯抚摩，还用脖子一个劲儿地蹭哈伯的手掌。

“狗找到了，它的主人不会找不到的！”斯皮莱高兴地说。

“那咱们就去找吧，让托普带路。”哈伯心急地说。

托普轻轻地叫了几声，好像在邀请大家一起去。

“史密斯得救了，对吗？”哈伯反复问几遍，托普就叫几遍，作为回答。

凌晨四点，他们估计已经走了八公里。风一直吹，三人冷得要命。

到了六点钟，天就要大亮了。这时的托普明显地着急起来。它往前跑着，忽然又折返回来，像是在求他们跑快一些。

五分钟后，三个人来到一个洞口，托普的叫声一声比一声响。三人立即向洞中走去。

只见一个人躺在草地上，纳布跪在他的身旁……

躺着的那人正是史密斯！

“还活着吗？”彭克罗夫大声问。

纳布没有回答。可怜的纳布根本就没有看到他的伙伴们，也没有听到他们的声音，他伤心极了。

斯皮莱连忙跪到史密斯身边，把耳朵贴在他的心口上。随后，斯皮莱激动地站起身来说：“他还活着！”

哈伯立刻拿出手帕，沾了一点溪水，放在史密斯的嘴唇上，然后再一个劲地给他按摩。过了一会儿，史密斯先生的胳膊微微动了一下，呼吸也渐渐均匀了。

看到这一幕的纳布开心极了。原来，纳布昨天沿着海岸寻找到下午五点钟，在地上发现了很多脚印。他沿着脚印走，终于在山洞里找到了主人。

听完纳布的叙述，大家在高兴的同时，心里也产生了巨大的疑问：史密斯是怎么爬到这个洞里来的？他受伤了吗？

看着虚弱的史密斯，这些问题可能要等他醒来才能知道了。

史密斯躺在担架上，由其他人抬回了“壁炉”。

五、宝贵的火种

“壁炉”几乎被暴风雨彻底摧毁了。“壁炉”中所有有用的东西都被冲走了，还滞留下不少从海滩冲上来的水草和海藻。最让彭克罗夫感到难过的是——火种没了。

“有史密斯在，怕什么呀！他会有办法的。”斯皮莱安慰彭克罗夫道。

所有人都对史密斯十分佩服，认为他就是一切科学与人类智慧的化身。与他生活在一起，什么都不会匮乏的。

史密斯现在还没有醒过来。大家把他抬到中间的通道里，让他睡得更舒服些。

哈伯和纳布捡了不少石蛏回来当作晚餐。

天气越来越冷，洞里面已经没有火源了，大家心里开始着急。彭克罗夫都快急疯了，一直在想办法弄火，纳布也在帮他。

他找到一些干苔藓，又用两块卵石相互击打，火星倒是有了点儿，但苔藓并不容易点燃。彭克罗夫又试着用两块木头相互摩擦——钻木取火，但还是一点用都没有。木块倒是在发热，但就那么一点点热量，根本不能燃烧。

不是所有的木头都能钻火的，木质很重要。此外，还有个技巧问题，彭克罗夫看来是没有掌握这种技巧。

当晚看来是生不了火了。

第二天早上八点，史密斯醒来了。

“我现在全身一点力气都没有，有吃的吗？你们弄到了火，对吧？”史密斯问道。

大家沉默了片刻，彭克罗夫说道：“原先倒是有火来着，可现在没有了！”

于是，彭克罗夫便将如何找到一根火柴，生了火，留了火种，昨天又怎么遭了灾，火熄灭了，然后再没能生着火的事一五一十地告诉了史密斯。

“没有火，我们就自己来制造火柴生火。”史密斯听后，很有把握地说。

大家走出了“壁炉”。天气晴了，太阳正在慢慢升起。史密斯向周围匆匆看了一眼，然后在一块大石头上坐了下来。哈伯立即给他递过去一些石蛏和海藻。

史密斯吃饱了后说：“朋友们，你们现在还不知道我们是在荒岛还是大陆上，是吗？”

“是的，史密斯先生。”哈伯答道。

“明天就会知道的。在这之前，我们无事可做了。”史密斯说道。

“有事可做呀！”彭克罗夫说。

“什么事？”

“生火呀！”火的问题一直萦绕在彭克罗夫的脑海中。

“放心吧，我们会有火的。”史密斯好像一点都不担心火的问题。

接下来，他们开始商量今明两天的行动计划。史密斯和斯皮莱留下，观察这个地方到底是荒岛还是大陆；纳布、彭克罗夫和哈伯前往树林，边弄柴禾边打猎。

彭克罗夫等三人带上托普，信心十足、高高兴兴地出发了。

他们走了很久都没有发现猎物，就连彭克罗夫上次抓过的松鸡也没有再见到。正当大家有点失落时，托普突然一边汪汪叫着一边狂奔，消失在矮树丛中。

彭克罗夫、哈伯和纳布跟着托普冲了过去。

密林里，托普正咬住一只野兽的耳朵，与它搏斗。哈伯认得这种动物，是水豚，这是一只四足兽，呈黑褐色，毛很硬，很像猪。

大家费了很大的力气，终于把它抓住。

“好啊！”彭克罗夫高兴地欢呼，“只要有火，我们就可以把它啃得只剩骨头了！”

彭克罗夫扛起猎物，托普带路，半小时后，他们便回到了河边。

彭克罗夫很快扎了个木筏。他们顺流而下，不一会儿便漂到“壁炉”了。在离住地五十米远，彭克罗夫突然停住木筏，指着悬崖的转角大叫：

“哈伯！纳布！快看呀！”

只见一缕轻烟从岩石丛中缓缓升起。

不一会儿，彭克罗夫等三人就来到了噼啪作响的炉火前。史密斯和斯皮莱都在。彭克罗夫拎着水豚，呆在那儿，一会儿才缓过神来问道：

“怎么生的火呀？”

“利用太阳。”斯皮莱回答。

于是，斯皮莱便把史密斯制作凸透镜的过程叙述了一遍。史密斯把他和斯皮莱的手表拿来，取下表上的玻璃片，在中间装点儿水，把边上用黏土粘牢，便弄成了一只凸透镜，再用它把太阳光聚焦在非常干燥的苔藓上，不久，苔藓便点燃了。

彭克罗夫对史密斯更加佩服了！他让纳布帮忙，准备好烤肉叉，把水豚收拾干净，放在旺火上，像烤乳猪似的烤起来。

吃完饭以后，大伙儿往炉火里添加了点儿柴火，在温暖的火光中酣然入睡。

六、就叫林肯岛

经过一晚上的充足睡眠，大家的精神都恢复了。于是他们重新出发，去察看这个地方是小岛还是大陆。

五人向着岛上最高的山峰出发，路上，他们发现了很多条清晰可见的深隙，像是火山的熔岩流造成的，还有些红色的岩石。他们这才发现，这座山以前是座火山。

天色越来越暗了，他们向海边望去，水天一色，分不清界限。这时，水平线上的某个地方透出一丝微微荡漾的微光。史密斯看见月亮在海面上的倒影，他猛地抓住哈伯的手，沉重地说："这是个小岛！"

一行人再次出发察看火山。

火山口距地面三百多米，形状像个漏斗。洞隙下面，熔岩流又宽又厚，顺着山坡流下去。火山口内的坡度只有三十五至四十度，爬上去没有障碍。他们在那儿发现了很久以前留下的熔岩流的痕迹。火山的深度没有办法确定：这是一座已经熄灭了的火山。

早上八点，他们终于到达火山口山顶。大家站在那里搜寻着整个海面，但什么也没发现。斯皮莱不禁问："这个岛大概有多大？"

史密斯仔细地观察了一下小岛四周："朋友们，我想这岛的周长应该有一百六十多公里。"

"那它的面积该有多大？"

"这无法估算。"

他们在火山上观察了足足有一个小时，心里对海岛的面貌已经有了大致的印象。在史密斯的建议下，斯皮莱把小岛的轮廓画了出来，其状宛如一只怪兽，躺在太平洋的洋面上。

在火山和东海岸之间，他们意外地发现了一个湖。湖边围满了树木。

"这是淡水湖吗？"彭克罗夫问。

"应该是的，"史密斯回答，"湖水是从山里流出来的。"

"看呀！有一条小河流进湖里。"哈伯指着远方。

"我们返回时可以去看一看。"史密斯说。

现在，还有一个重要问题必须弄清：岛上有人吗？

他们没见到任何地方有人的痕迹。没见到房屋，也没见到炊烟。这个小岛上可能只有他们。

他们准备下山。史密斯沉着冷静地对大家说："朋友们，我们也许得在这里生活很长时间。这是一个偏僻的小岛，也许不会有船只从这里经过，我们可能很难被人救起。"

"亲爱的史密斯先生，"斯皮莱激动不已地说，"我们完全信任您，您也可以完全信任我们。你们说对不对呀，朋友们？"

"史密斯先生，我们完全听从您。"哈伯握紧史密斯的手说道。

"任何时候您都是我的主人！"纳布大声说道。

“我嘛，我若干活不积极，我就不叫彭克罗夫了。”彭克罗夫说道。

“那好，朋友们，我觉得最好给这个小岛，和我们看见的海角、河流取个名字。”史密斯提议道。

“这建议太好了，有了名字，以后做事就方便多了。”斯皮莱说。

几个人十分激动，给那些山川河流取了一个个名字。现在的火山叫“富兰克林山”，山下的淡水湖叫“格兰特湖”；那条为大家提供淡水的河被称作“慈悲河”；“壁炉”上方高耸着的花岗岩峭壁，顶端是一片高地，在那里可以对整个大海湾一览无余，所以被称作“眺望岗”；西南边的半岛称作“盘蛇半岛”；小岛末端弯弯的尾巴叫“爬虫角”；另一端的海湾称作“鲨鱼湾”；把“鲨鱼”的嘴部称作“颚骨角”，因为有两个海角，所以分别称作“北颚骨角”和“南颚骨角”……大家准备下山返回“壁炉”，突然，彭克罗夫大声嚷道：“啊，怎么搞的！我们怎么把我们的岛给忘了，没给它取个名字！”

“朋友们，我们就用一位伟大人物的名字来给它命名，叫它‘林肯岛’吧！”史密斯说道。

大家听完，一齐欢呼起来！

林肯岛上的居民准备下山回家。史密斯建议另选一条道路回“壁炉”，他想去观看一下刚才看到的美丽的格兰特湖。

一群人沿着一条山脉的山脊走去。史密斯边走边捡点矿物、植物，随手放进口袋里。

十点左右，大家到达了富兰克林山的最后一段坡路。史密斯和斯皮莱走在后面，其他三人走在前面。突然哈伯慌慌张张地跑了回来，纳布和彭克罗夫躲在一块大岩石的背后。

“怎么回事，孩子？”斯皮莱急忙问。

“有烟，”哈伯回答，“我们看见有黄色的烟从岩石中冒出来，离我们只有一百来步远。”

“这儿难道有其他人？”斯皮莱疑惑地说。

史密斯警惕地说：“会不会是土著人？”

他让大家不要动，自己悄悄地从石头后溜过去察看情况。过了一会儿，史密斯招手让大家过去。这里没人，有一个硫黄泉，这烟是泉水吸收了空气中的氧气之后冒出来的。

大家松了口气，继续往前走，穿过橡胶树形成的“拱门”，走在流淌着清澈河水的“红河”旁。之所以称之为红河，是因为溪流两边的土壤是红色的，说明土壤中富含氧化铁。不一会儿，河面明显变宽。史密斯估计很快便会走到河口了。

果然，走出树林之后，河口就出现了。

这是个淡水湖，湖水颜色有点深，但仍然很清澈。湖面上常冒出水泡，肯定有很多的鱼。

“这儿真美！我们还是到这儿来住吧。”斯皮莱感叹。

“我们会住到这儿来的。”史密斯说。

七、打造荒岛家园

下午，大家沿湖的左岸返回居住点。美美地吃了一顿晚饭后，史密斯从口袋中掏出几块形状和颜色各异的小矿石来："朋友们，这是铁矿石，这是陶土，这是石灰石，这是煤。这是大自然提供给我们的，我们明天就干起来！"

第二天一早，他们必须从头开始干。得先打造一个炉灶，用来制作必需的陶器。用黏土制作砖块，再用砖块打造炉灶。为了解决吃饭问题，还得打猎。打猎又得制造一把刀具和一些弓箭。

"托普，过来。"史密斯看见托普，灵机一动，把狗叫到身边。

托普跑了过来。史密斯双手轻轻地把狗脖子上戴着的项圈取了下来，把它折成两截。

"彭克罗夫，您瞧，这就是两把刀。"史密斯说道。

彭克罗夫高兴极了。史密斯把两截钢质项圈放到火里熔化，在沙石岩上把它磨快，开了刀刃，再把它磨光滑些，装上刀柄，就制成了两把快刀。

随后，他们一起出发去格兰特湖西岸。第一天，史密斯在那里发现了很多黏土，他们带了一些回来。哈伯在路上发现了适合制作弓箭的树木，也带了一些回来，他们还找到了极具韧性的木槿做弓弦，无节树枝做箭杆，豪猪的刺做箭头，鹦鹉的羽毛做箭羽。就这样，弓箭就做好了。最后他们将黏土带回家，将它们做成砖块的形状，再用火烧，砖头就做成功了。

斯皮莱开始记录每天发生的事情。

4月5日，星期三，遭到风暴袭击的遇难者们，上岛已经有十二天了。

4月9日至4月14日，他们造好了砖窑，又用这个窑制造了砂锅、茶杯、盆罐、大坛、大缸等生活用具。

4月16日，史密斯想测量出小岛的经纬度，确认它的位置。他准备好了一根笔直的木杆，用木杆比对自己的身高，测出木杆长度约为3.6米。哈伯拿着史密斯交给他的一端系着一块石头的“铅垂线”，这条铅垂线是用柔韧的植物纤维做成的。他们来到距离海边6米处，离花岗岩峭壁约150米的地方，小心地将木杆插入沙地，并利用“铅锤”使木杆与地面保持垂直。然后，史密斯向后退了一段距离，趴在沙滩上，同时观察木杆顶端和峭壁尖顶。随后，他又仔细地把一根小木棍插在这个观察点，作为记号，测量小棍子到木杆之间的距离与小棍子和峭壁底部之间的距离。最后通过计算，他得出结论：林肯岛距所有陆地和群岛都很远，他们现在没有办法去其他地方。

4月17日，到目前为止，大家已经当过烧窑工、制陶工，现在要当炼铁工了。他们需要铁块去制造斧头、锤子等工具。史密斯很早就在海岛西北部，发现了炼铁需要的煤和铁矿石。

“史密斯先生，”彭克罗夫问道，“我们就要炼铁了吧？”

“是呀，朋友，”史密斯回答道，“但我们先要去做一项您

喜爱的工作——到小岛上去打海豹。”

“打海豹！”彭克罗夫既兴奋又惊讶地转身看着斯皮莱，“炼铁还需要用海豹？”

“史密斯先生这么说，一定是有他的理由的。”斯皮莱回答彭克罗夫。

他们来到沙滩上，很快发现了海豹，费了很大的力气才抓到两只。史密斯将海豹的皮剥下来，纳布和彭克罗夫将它们缝制好，制成了一台鼓风机。

史密斯先生先把采集到的铁矿石砸碎，把煤和铁矿石一层夹一层地堆放好。在海豹皮鼓风机的作用下，煤变成了碳酸，继而转化成氧化碳，氧化铁还原后释放出了氧气。

这些勇敢的人经过艰苦劳作，终于制造出铁制工具：刨刀、短斧、长斧、钢锯条、凿子、铲子、锤子、钉子，等等。

有了这么多的生活工具，他们感到十分满意，心里踏实多了。

八、新家花岗岩宫

一连几天，天都阴沉沉的，气温下降，这预示着冬天马上就要来了。简陋的“壁炉”挡不住呼啸的寒风，他们必须找一个暖和且更适宜居住的新家。

“我们还没有对整个海岛进行过检查，”史密斯说，“岛上可能没有人，也可能有人，即使没有人，恐怕也会有野兽。而且我们所在的岛，也是太平洋海盗经常出没的地方……”

“什么！离陆地这么远，还会有海盗吗？”哈伯问道。

“是的，孩子。海盗什么地方都敢闯，我们还是小心点好。”史密斯提醒。

他们出发去寻找更加安全的居住地方。

一行人在林中找了很久，来到了格兰特湖的河口。史密斯发现，流入湖里的水量特别大，他相信在某个地方一定有一个出水口。他要找到这个出水口，因为它可能会形成瀑布，就可以利用水力了。

大家向着湖东岸继续前行。这时托普突然烦躁起来，在岸上来回地跑动。突然，它停下来注视着湖面，举出一只前爪，像是指着湖中的什么看不见的猎物。接着，它狂叫几声，跳进湖里！

“托普，回来！”史密斯喊。

托普听见主人在叫唤，就爬上岸来，但没法安静下来。

已近下午五点，大家准备从高地穿过返回住地。突然，托普又焦躁不安起来，狂叫着又一次跳进水里。大家忙跑到湖边，可托普已游出五六米远了。此刻，水面上浮起一只大脑袋来。

哈伯马上认出了这是海牛，它眼睛大大的，脑袋像锥子一样的形状，长有柔软光滑的长须。

其实，这不是海牛，而是鲸类的一种，叫儒艮。

这巨大的动物向托普冲去。托普急忙往回游，但来不及了，它被儒艮拖到湖底去了。

当大家以为托普肯定要没命时，托普突然出现在一个漩涡中央，然后被一股神秘的力量抛到岸上来，它竟然没受伤。

大家十分惊讶，水下面还在进行着一场搏斗。不一会儿，湖水就红了一片，儒艮从一片水域中浮了上来，在湖泊的沙滩边搁浅了。

众人赶紧奔了过去，只见儒艮已经死了，脖子上留下一处伤口，好像是被利器割开的。

什么动物这么厉害，竟然能将一只这么大的儒艮弄死？大家都想不通。

第二天，哈伯与彭克罗夫到河的上游去砍柴，纳布一人在家准备午饭，史密斯和斯皮莱来到杀死儒艮的那个小沙滩。

这时，史密斯突然发现湖里有一股急流，他十分惊讶，扔了几块小木头下去。小木头向南边漂去，他们跟着漂流的木头走，一路来到了湖的南端。

这儿的湖水形成了一个凹陷，好像水是从地缝里漏走了似的。他把耳朵贴近湖面仔细听，清晰地听到地下瀑布的哗哗声。

“就是这儿，”史密斯高兴地说，“这下面有一个石洞，我要让它露出来。”

“什么？”斯皮莱惊讶地问。

“让湖面下降三英尺就可以了。”

“怎么让它下降呢？”

“在距离海岸最近的地方开一个更大的出口。”

“那可是一片花岗岩！”

“那就炸开花岗岩。”

史密斯和斯皮莱回到住的地方。史密斯将自己的想法告诉了大家，得到了大家的积极响应。

第二天，他们制造好炸药，在岸边的一个斜坡上挖了一个埋炸药的洞口。他们把炸药放进洞里埋好，点燃炸药，一起回到“壁炉”，等炸药爆炸。

二十五分钟后，炸药爆炸。一声巨响，整个海岛都震颤

了起来。

大家赶到湖岸，只见花岗岩石壁上裂开了一个大口子！湖水从缺口冲了出去，浪花翻滚着穿过高地，从近一百米的高处直泻下去。

史密斯的计划成功了！

史密斯找了些含松脂的树枝，捆扎起来当作火把。他用火镰打出火来，把火把点着，带领大家开始洞中探险。

洞中石壁内长年经水侵蚀，岩石十分光滑。在火把的光照下，岩石呈现红色，石壁上似乎还有许多钟乳石。大家小心翼翼地走着，很久才走到石洞的尽头，此处竟是一个宽敞高大的洞穴！

“这儿就是我们的住所了。”史密斯说。

他们现在有一个大石洞可以住下了。但是，还有两个难题摆在大家面前：第一，如何让洞里透进阳光？第二，怎么才能进出更方便一些？

史密斯在往下走时，心里已经估计过，石洞的外壁不会太厚。只要在外壁打开一个缺口，安装一架梯子，光线与出入的问题就都解决了。

“从这儿下手，”史密斯把彭克罗夫拉到一处地方说，“这儿石壁往里凹下去很深，岩石应该也薄了许多。”

彭克罗夫使劲挥着镐头凿下去。半小时后，纳布接替他继续往下凿，史密斯又换下纳布。凿了约两个小时，突然，史密斯一镐挥过去，岩石被凿穿，镐也被甩到外面去了。

“哈哈，通了！”彭克罗夫大笑。

史密斯伸头向外看去，这儿离地估计有二十多米，海岸与海岛就在眼前，远处是大海。

大量光线照亮了洞穴。岩洞长三十多米，左边的高度和宽度大约不到十米，右边十分宽敞，它的圆形顶壁高达二十四米，由许多石柱顶着。石柱不是很规则，或像拱脚柱，形成拱门，或像突出的尖肋，上有鲜明的花纹。大自然的鬼斧神工，造出了像仙境一样的洞府。

大家都发出赞叹声，对这个地方十分满意。

“朋友们，等我们在这儿开了窗户，就把它当作房间和仓库，还要留出书房、博物馆什么的！”史密斯说。

“给它起个什么名字好呢？”哈伯问。

“就叫‘花岗岩宫’吧。”史密斯说。

大家欢呼，表示同意。

第二天，大家就开始布置新住处。这里宽大干净，能挡风避雨，比“壁炉”的条件强百倍。

史密斯建议把洞穴右边分隔成几个房间，前面留出一条方便进出的过道。正面开出五扇窗户和一扇门，以便获得充分的阳光。

他们又制作了一条绳梯，方便大家进出。这就苦了托普，它学了很久才学会爬绳梯。

与此同时，他们也没有忽视储存食物。斯皮莱和哈伯每天都抽出几个小时去打猎。哈伯在湖的西南角发现一片天然的“养兔场”，那是一片略微潮湿的草地，杨柳摇曳，青草飘香，这些都是兔子喜爱的食物。而地上到处都是洞眼，像筛子一样。

“兔子窝！”哈伯高兴极了。

“没错，但不知里面有没有兔子。”斯皮莱应声道。

斯皮莱话音还未落，就看见成百上千只兔子一样的动物四散奔逃，速度极快。一个小时以后，他们终于在一个洞里抓到了四只。二人还在那里发现了很多草药，采了一些回去。

晚上大家就吃上了美味的兔肉。

房间布置得差不多了，厨房也建造好了。史密斯还利用出水口，引来了一些淡水。

当花岗岩宫中的一切工作都准备就绪时，冬季也适时地来临了。

九、一颗铅弹!

一整个冬天，狂风暴雨就没有停过，但花岗岩宫的主人们在室内一点也感觉不到外面天气的恶劣。

大家每天只干些杂活，没有出去打猎或钓鱼，因为仓库里已经储存了足够多的食物。

彭克罗夫空闲时做了一些陷阱放在养兔场那儿，不时有兔子掉进圈套，只要取回来就行了。

这时候，冬衣的问题出现了。他们身上穿的还是从氢气球上坠落到岛上时的那些衣服，虽然既保暖又耐穿，但也得考虑换一换。但这个冬天看样子只能这样将就了。

他们在海岸上用铁标枪捕到了六只海豹，将它们的油脂和皮弄回了花岗岩宫。他们用海豹皮制作皮靴，油用来制作蜡烛。

由于爆破后产生了瀑布，他们又造了两座桥，一座架在眺望岗上，另一座建在沙滩上，这样方便他们从高地到沙滩上去。

随后，他们又打造了一辆车子，穿过桥，到达沙滩，采回了数千只牡蛎，将它们放入慈悲河河口这个天然养殖场。

现在，居民们还缺少一样重要的食物，那就是面包。

有一天，哈伯在缝补上衣时，突然在衣服夹层里发现一样东西。他小心翼翼地把它弄了出来，兴奋地叫着：“史密斯先生，一颗麦粒！”

史密斯高兴地说：“哈伯，你的发现意义十分重大，有了这个麦粒我们就可以制作面包了。”

他们选了一个面朝太阳避风的地方，把那里打扫干净，周围插上围杆，把那颗麦粒种了下去。现在，就等着它发芽，结出麦穗了。

严寒天气一直在延续。只要不刮寒风，倒可以忍受。

到目前为止，大家还没有发现岛上有凶猛的食肉动物，但也不敢放松。在这期间，哈伯、彭克罗夫和斯皮莱去眺望岗和森林边缘布下了一些陷阱。

在8月的第二个星期，猎人们竟然在陷阱中捉到了小野猪。彭克罗夫十分高兴。

这种美洲野猪被命名为“猪獾”。它们常成群居住在一起，抓住一只，就说明林肯岛的森林里还有很多猪獾。这种野猪身上的肉全部可以食用，这当然让彭克罗夫高兴喽。

8月15日，风向转为西北风，空气中的水汽凝结成了雪花。纷纷扬扬的大雪连续下了好几天，整个海岛都变成了银白色的世界。

居民们出不去，只能待在屋里。

在受困的日子里，他们用仓库里的木材打造了各种家具，十分结实耐用。

8月的最后一个星期，天气又变了。风雪停了，居民们立刻冲到外面去。斯皮莱、彭克罗夫和哈伯马上去查看陷阱，陷

阱周边有一些爪印。这说明岛上的确有凶猛的野兽。

25日前后，寒冷天气又来了。他们只好再一次待在屋里。

这次，史密斯教会大家制作糖块，十分香甜。

严寒天气终于结束。彭克罗夫又一次去查看陷阱。这一次，他在陷阱里发现了三只动物：一只美洲母野猪及两个幼崽。他高兴极了。

等他把猎物拖回洞里的时候，大家都十分激动，终于可以吃烤乳猪了。纳布和彭克罗夫做了一顿豪华的晚餐。

当彭克罗夫吃得正欢乐时，突然听到他大骂一声。

“怎么了？”史密斯问道。

“真倒霉！我的一颗牙给崩掉了！”彭克罗夫回答道。

“怎么？您咬到石子了？”斯皮莱忙问。

“可能吧。”彭克罗夫边说边取出嘴里那硌了他牙的东西……

谁也想不到，那竟然是一颗铅弹！

十、绕小岛勘探

距离史密斯等人流落到荒岛上已经整整七个月了。在此期间，始终没有发现人的痕迹，他们也一直以为岛上没有其他人。那么，这颗铅弹是从哪里来的呢？

“史密斯先生，”彭克罗夫提议，“我们现在应该抓紧时间造一条小船，这样我们就可以逆流而上，环绕海岛检查一下。不做好准备是不行的！”

“您说得对，彭克罗夫，”史密斯回答，“不过，造船很费时间，至少得花上一个月。”

“用不着打造那么正规的，”彭克罗夫说，“造一条普通的、无须航海的小船，五天就够了，只要能在慈悲河上划就行了。”

“五天造一条船？”纳布不信。

“是呀，纳布，一种印第安人的独木舟。’

“那好，五天内完成。”史密斯决定了。

“不过，这段时间，我们应该时刻提高警觉才是。”哈伯提醒道。

“对，必须加倍提高警觉，”史密斯说，“打猎的话，也只许在花岗岩宫周围打。”

第二天，彭克罗夫带领几人开始动手干起来。

10月28日，哈伯和纳布沿着海岸漫步，在离花岗岩宫三公里多的海滩上，碰巧捉住了一只漂亮的大海龟。

这是一种名为“米达斯”的大海龟，背甲是绿色的，闪闪发亮。

“好漂亮呀！”纳布嚷道，“怎么才能把它捉住呢？”

“这很容易，把它翻转过来，它就跑不了了。”哈伯回答。

这海龟接近1米长，起码有400斤。海龟以藻类为食，肉质鲜美。哈伯相信彭克罗夫见到后一定会乐开花的。

“现在怎么办？我们没法将它拖回去。”纳布说。

“我们先把它留在这儿，回去找车子来拉，反正它这么仰躺着也跑不了。”哈伯说。

两小时后，两人拉着车子来到原地，却不见海龟的踪影。他们一时愣在了那儿，四下寻找，可一无所获。

他们失望极了。回到花岗岩宫后，哈伯把这事说了。

彭克罗夫气得跺脚直嚷。史密斯说：“你们去的那个时间海水正在涨潮吧。海水一涨潮，海龟就能在水中自由游动了。”

“哎呀，我可真够笨的！”哈伯懊悔地说。

10月29日，小船做成了。真的只用了五天时间，彭克罗夫没有吹牛。

大家都很高兴，一起上了小船。彭克罗夫将小船向海面划去。

天空晴朗，海面十分平静，没有波浪。小船首先穿过海峡，掠过海岛南端。彭克罗夫又将船划到河口，沿岸行驶。

三小时后，小船到了海角的尽头。哈伯突然站起来，指着远处的一个黑点大声道：“瞧！那边有个什么东西！”

彭克罗夫猛划了几下，小船便驶入一条小河，众人连忙跳到沙滩上。只见两只木桶半埋在沙中，两只桶之间还捆绑着一只箱子。箱子刚开始还漂浮着，后来慢慢也落在沙滩上了。

“小岛附近可能发生过海难。”哈伯说。

“肯定是的。”斯皮莱应声道。

他们把箱子拉回了花岗岩宫，找来工具将它撬开。箱内有工具、武器、仪器、衣服、书籍等。他们高兴极了。

最近发生的许多事情，让大家认为必须对林肯岛进行一次认真的勘探。

10月30日，大家带好足够的食物、工具和武器，离开了花岗岩宫，决定逆慈悲河而上，小船能划多远就走多远。

早上六点钟时，小船出发了。

旅途中，小船偶尔会靠岸。大家上岸找到了一些野味，还找到了一些有用的植物。

有一次上岸时，斯皮莱捉住了两对鸟儿。这种鸟嘴巴细长，脖颈也长，但翅膀短，没有尾巴。哈伯称它们为“鹋”。大家决定饲养它们，作为未来家禽饲养场的第一批客人。

小船继续向前驶，沿岸的树木稀疏，却越发高大挺拔。

“桉树！”哈伯大声喊。

“这树好大哟！”纳布惊叹道，“它们有什么用途？”

“它可是制作上等家具的好材料呀，更重要的是桉树能保护环境，防止寒热病。”

“啊，林肯岛真好！岛上再不缺什么了！只是……”彭克罗夫有点儿遗憾地说。

“放心吧，彭克罗夫，您想的我们也会找到的。不过，我们还得继续前行。”史密斯说。

小船至少又前进了三公里，这一带森林中生长的基本都是桉树。慈悲河弯弯曲曲地向前延伸，两岸全是高高的碧绿的斜坡，河里有很多长长的水草和突出的岩石，给小船前行制造了许多的困难。

河水在渐渐变浅，小船快要浮不起来了。

太阳要落山了，史密斯决定先找地方露营。

第二天，10月31日，清晨五点。由于水太浅，小船已经没有办法划行了，大家只好选择走路。

彭克罗夫和纳布为大家准备了两到三天的食物。史密斯还特别提醒，不可以随便开枪，免得打草惊蛇，暴露自己。

在这段旅程中，他们看到了猴群。猴群可能是第一次见到人类，表现得十分惊奇。

走着走着，河面越来越宽广，水流也越来越平稳。一行人来到一个小小的湾口，这是通向一条新河的狭窄入口。

这条新河的水源是从十二米多的高处流下来的，像瀑布一样。大家商量，决定给小河命名为“瀑布河”。

傍晚七点钟，大家终于走到了爬虫角。

哈伯在这里发现了竹子，十分高兴。竹皮可以编织篮筐，捣碎的竹子可以制作中国的宣纸，竹子还能制作手杖、烟袋杆……哈伯越讲越兴奋。

爬虫角上有许多岩石，岩石上有许多洞，大家准备晚上就在里面休息。正当大家准备进洞时，突然听见一声可怕的吼叫。

洞口出现了一只美洲豹，它猛扑过来，斯皮莱迅速用枪击中了它。

“您真棒，斯皮莱先生。”哈伯羡慕、钦佩地说。

“你也会做得到的，孩子。”斯皮莱鼓励少年。

十一、大猩猩于普

第二天日出后，居民们来到海角尽头的海岸上远眺。放眼望去，并没有发现任何可疑之处。

下午三点，大家来到一条小河旁边。斯皮莱建议在这里休息一下，大家就在几棵秀美的大树下坐下来。

“我们可以放下心了，”斯皮莱说，“没有人来与我们争夺林肯岛了。”

“可那粒铅弹是怎么回事？那可不是假的！”哈伯说。

“那说明什么呢？”斯皮莱问。

“说明三个月前，最多三个月，有一条船不知什么原因在这里靠过岸……”

“那我们是不是错过了回陆地的机会了？”纳布问。

“我想是的。”史密斯答道。

突然，托普狂叫着从树林里跑了出来，嘴里还叼着一块沾满污泥的碎布。

大家立刻跟在托普后面向林中跑去。托普叫得更凶了，跳向一棵高大的松树。

“漂流物在空中！”彭克罗夫说着，用手往松树顶上一指。那儿有一大块灰白布料，托普叼回来的就是那上面掉下来的碎布。

“这可不是什么漂流物。”斯皮莱说。

“这是我们的氢气球撞在树顶上时所留下来的东西，”彭克罗夫说道，“这可是非常好的布啊！这够我们用上好几年的！做衣服、手帕什么的。”

原来氢气球最后也落在了这座岛上！氢气球上不仅有气囊、阀门、弹簧，还有铜部件等各种各样的东西。这么重的东西运回去也不容易，大家一齐动手，先把这些东西拖到岸边，藏在一个大洞穴里。大家商议把这处小河形成的港湾取名为“气球港”。

放好氢气球后，天色已经很晚了。大家划着小船来到花岗岩宫前，朝着绳梯走去，却惊讶地发现发现绳梯不见了！

大家在黑暗中摸来摸去，担心绳索是不是被风给刮跑了，没有绳梯就回不了花岗岩宫了。

“朋友们，”史密斯说：“看来只有等天亮了再说。我们还是先回‘壁炉’，暂时睡一晚。”

现在也只好按史密斯说的办了。这一晚上，大家在“壁炉”怎么也睡不好，觉得事情太奇怪了，岛上一定有什么神秘的东西是他们不知道的。

第二天天一亮，大家就跑到花岗岩宫。他们发现原本关好的大门已经被打开了，绳梯的上半截仍在原来的地方，但下半截却被拉了上去，搁在门槛上。

大家惊叫起来，肯定有人进了花岗岩宫。

哈伯射出系了绳子的箭，让它穿过吊在门槛上的绳梯的前几根横档，把绳梯拽了下来。

突然，一只胳膊从门边伸了出来，抓住绳梯，又把它拉到屋里去了。

“什么人？！”纳布问。

“像是一只猴子。”彭克罗夫说。

彭克罗夫刚说完，就见三四只猴子在窗户上冲他们做鬼脸。彭克罗夫立即举枪射击，一只猴子被击中，摔了下来，其他的全都跑到洞里藏起来了。

两个小时过去了，这群猴子没有再出现。

“我们先藏起来，”史密斯说，“猴子以为我们已经走了，就会出来的。”

又过了两个小时了，猴子还没出来。史密斯想了一个办法，让大家从湖边原先的溢流口进入花岗岩宫。

他们让托普留在原地，刚走不到五十步，就听到托普大叫。

大家飞跑回来。

猴子纷纷从窗口逃走了。过了一会儿，绳梯竟然从门槛处溜了下来。

“啊，这真是怪了！”彭克罗夫看着史密斯大声地说道。

“是挺怪的。”史密斯喃喃地说着，第一个上了绳梯。

众人跟在他后面，一个个上了绳梯。

上去之后，他们到处寻找，发现屋子里一个人都没有。

“真怪了！梯子到底是谁放下来的呀？”彭克罗夫疑惑。

忽然，一声怪叫传来，一只躲在过道里的大猩猩冲进大厅。纳布在它后面追赶着。

彭克罗夫大骂一声，准备举起斧头朝它砍去。史密斯阻止了他。“它可以和我们一起生活，”哈伯说，“它似乎很年轻，应该很容易训练。”

就这样，岛上居民又增加了一个新成员，而且是位力大无比的成员。彭克罗夫给它取了个名字：于普。

于是，于普便在花岗岩宫里住了下来。

十二、改造林肯岛

趁天还没完全黑，大家收拾了被猴子弄得乱七八糟的屋子。饭后，大家坐在一起讨论，认为目前最亟须解决的问题是在慈悲河上建一座桥，把海岛南岸与花岗岩宫连接起来。还得建一个畜栏，好用来圈养捉来的岩羊以及其他动物。

第二天，大家开始建桥。桥建好后，气球就可以运回来了。

这是一项十分艰巨的工程，慈悲河比较宽，必须在河床里打一些桥桩，支撑桥板。工程师史密斯画了一张设计图：这座桥在河右岸是固定的，而连接左岸的那一边却是活动的，可以吊起。

大家先去挑选树木，砍倒，斩去枝丫，锯成木板。居民们热情高涨。

这座大桥足足花了三个星期才造好。在这段时间里，于普已经适应了新环境，和大家也慢慢地熟悉了。

这期间，他们种下的那第一颗麦子，在彭克罗夫的呵护下，长得十分茁壮。麦子结了十个麦穗，每穗有八十颗麦粒。

六个月过去，他们总共收获了八百颗麦粒。

居民们将这八百颗麦粒留下了五十粒，剩下的全部播到新的麦田里去了。他们给麦田周围安装了又高又尖的栅栏，这样动物就没有办法跳进麦田。

这样一来，他们每年可收获两次，以后就再也不用为粮食不足发愁了。

12月，天气非常热，但大家还不敢休息，他们要建一个家禽饲养场。

家禽饲养场占地一百六十七平方米，位于格兰特湖的东南岸。四周有栅栏围着，场内分成不同的棚舍，可以饲养不同的家禽。

首先到来的是那对鹊鸟，它们很快便孵出了许多小鹊鸟。有六只常住湖边的鸭子与它们做伴。

过了几天，哈伯又捕捉到一对鹑鸡。而鹈鹕、翠鸟、黑水鸡等，原本就生活在饲养场的岸边。这些鸟一开始叽叽喳喳地不停争吵，但最后它们还是成了好朋友。

他们在饲养场的一角，还搭了一个鸽棚，养了十二只常飞到高地岩石上的鸽子。这些鸽子很快便习惯了每晚飞回自己的新家，它们比斑尾林鸽更容易驯养。

有一天，他们竟然在桥上发现了一头野驴。很快，这头野驴也被他们驯服了。他们第一次用上了驴车。他们赶着驴车，将那个掉落的氢气球拉了回来。

1月的第一个星期，大家开始忙着缝制衣服。

他们将氢气球上的布料全部拆了下来，做了几十件衬衣和袜套，还缝制了床单和海豹皮鞋。

于普经过纳布的认真教导，已经越来越像一个伙伴了。它上身穿男式上衣，下身穿帆布短裤，脖颈上套上一条围裙。

它十分高兴能和人类在一起生活，还经常帮助大家做一些活。大家都很喜欢它。

大家在富兰克林山的南坡又建了一座畜牧栏，可以容纳上百只岩羊和野山羊以及它们产下的小羊羔，等着用它们的羊毛来制作过冬衣服。

哈伯每次出去，都会带一些有用的植物回来。这样他们又拥有了一个菜园，里面种了可以用种子榨出食用油的莴苣、可以治疗坏血病的酸模，还有各种块茎植物。

3月24日了，这是他们从氢气球上坠落到海岛上的一周年。

从一无所有，变成了如今生活富足的居住者，他们十分满意。

史密斯在斯皮莱、彭克罗夫的一再要求之下，开始动手制造“水压机”，准备以升降机来代替不方便的绳梯。

大家一齐动手，把溢流口的出水口扩大，使得通道底部产生一股湍急的瀑布。史密斯在瀑布下放置了一个装置，装置与一个吊篮相连。人和物可以在吊篮中，被吊到花岗岩宫门口。

3月27日，水力升降机第一次投入使用，效果很好。从此以后，所有较重的东西都可以通过升降机上下，绳梯被彻底取代了。托普尤其高兴，不用再爬绳梯了。

十三、探秘塔波岛

史密斯利用在箱子里找到的六分仪和地图重新测定了林肯岛的方位。他惊讶地发现在林肯岛附近还存在着一座岛屿，叫塔波岛，距离他们大概有二百七十七公里。

这时，居民们在岛上已经住了一年多了。他们决定趁此机会，对自己居住的小岛周围再进行一次深入的观察：造一艘大船去塔波岛上看看！

说干就干！史密斯画好了图纸。

史密斯和彭克罗夫二人负责造船。在有多年造船经验的彭克罗夫的帮助下，造大船的速度特别快。

4月15日，居民们迎来了第二次大麦丰收的日子。

5月1日，因为要捕鱼，大家必须齐上阵。

连日来，一头非常大的鲸鱼经常在海面上出现。有几次，它竟然游到离林肯岛不远的海面上来了。它是一条南半球的鲸鱼，全身是黑色的，头部比北半球的鲸鱼扁平一些。

让大家没想到的是，这条鲸鱼居然搁浅了。

他们拿着十字镐和长矛，跑过慈悲河桥，奔向右岸的海滩上。

鲸鱼已经死了，只见一把鱼叉插在它的身上。

彭克罗夫立即拔出鱼叉，他一眼就认出了鱼叉上的字：

“玛丽·斯特拉，葡萄园”。那是彭克罗夫家乡的捕鲸船！

为了不让鲸鱼被其他动物吃掉，他们立刻用刀将这只鲸鱼切割开，将它的肉存储了起来。

6月，冬季又到了。这次他们准备好了过冬的衣服。

岛民们第一次尝试与外界联系。

哈伯举枪射下了一只信天翁。它只是爪子上受了点儿轻伤，掉下来后，仍旧活蹦乱跳的。

大家一齐去抓，费了好大的劲儿才抓住它。

信天翁是一种美丽的大鸟，住在悬崖峭壁上面，双翅展开后长度能达到3米，能飞越太平洋这样宽广的大洋。

斯皮莱写了一些文字，绑在信天翁的脖子上，将它放走了。

7月的一天，托普突然发出怪异的叫声，在过道尽头的那口井旁绕着圈。于普也在跟着哼哼唧唧。

史密斯决定下井里看看。他利用闲置的绳梯下了井。

井壁是实心的，不断有突出的岩石，任何动物借助它就能爬上井口来。史密斯用提灯照着，没有发现突岩上有什么痕迹和破损的地方，说明并没有什么动物爬过。

史密斯到达井底，也没有发现任何可能通向岩石峭壁内部的侧向通道。

他用刀敲击井壁，回声证明井壁是实心的。

如果想从井底爬到井上，必须经过水道。这水道常年浸在水中，流经海滩地下岩层，与大海相通。因此，只有海里的动物才能从这里上下。至于水道出口在水下有多深，到底在海岸的什么地方，史密斯并不知道。

虽然什么也没发现，但史密斯仍然感觉到，井下肯定有什么东西！

8月12日凌晨四点，托普的阵阵狂叫声把大家惊醒了。

这一次，它不是在井边，而是在门口疯狂大叫，拼命地撞门。于普也在发出阵阵尖叫。

大家连忙穿上衣服想去看下怎么回事。但是天太黑了，什么也看不清楚，只听见黑暗中传来一种怪叫声，应该是海滩方向有什么动物闯上来了。

大家连忙拿起斧头、马枪、手枪，跳进升降机吊篮，很快便到了海滩。原来是成群的狐狸在海滩上！

大家冲进狐群，边冲边开枪，吓退了最前面的几只。他们必须阻止这群狐狸冲到菜园和饲养场。它们要是过去了，菜园和饲养场就会被破坏。

他们跟这群狐狸展开了激烈的战斗。两个小时以后，居民们取得了巨大的胜利。但是于普受了比较重的伤，大家将于普抬回去，给它包扎了一下。于普休息了很多天才完全康复。

10月10日，新船终于造好了。涨潮时分，船身慢慢浮了起来。大家决定将船命名为“乘风破浪号”，不用说，彭克罗夫自然成了这艘船的船长。

船员们准备好食物，当天就准备试航。

十点三十分，众人纷纷上船。于普和托普也跟着上了船。

大家无比高兴，终于有了一条属于自己的大船了！

哈伯站在船头，为船指引前进的方向。突然间，他大声喊道：“迎风行驶，船长！迎风行驶！”

“怎么回事？有礁石？”船长问。

“不是的……等一等，我看不清楚……迎风行驶……好，再往前点儿……”

哈伯趴在船上，把手伸进水里，抓到一件东西，举起来说道：“一只瓶子！”

那是一只封紧了口的瓶子。

史密斯拿过瓶子，拔去瓶塞，从里面取出一张已经浸湿了的纸，上面写着：

“遇难者……塔波岛：西经一百五十三度，南纬三十七度十一分”。

十四、塔波岛上的“野人”

塔波岛上有遇难者！他们需要救援！

彭克罗夫和哈伯拥有丰富的海洋航海知识，是最合适的救援人员。如果10月11日出发，13日便可跑完二百七十七公里，到达塔波岛。在岛上寻找一天，然后返回，顶多17日就可回到林肯岛。

大家最后决定，史密斯、纳布和斯皮莱留在花岗岩宫，由彭克罗夫和哈伯去救援，但斯皮莱说什么也要参加这次出海救援，大家只得同意了。

凌晨五点，船长扬起风帆，驾船一直向西南方向驶去。

第一夜平安顺利。第二天的白天，同样一切顺利。

10月12日夜晚，船上三人都没有睡。第二天，天刚有一点点亮，他们便轮流仔细地搜索着海面。

“陆地！”彭克罗夫突然叫道。大家兴奋极了，果然在预想的时间内到达了塔波岛。

彭克罗夫小心翼翼地驾船靠了岸。

小岛上有很多树，但没有看到人影。

中午，船身终于接触到塔波岛的沙滩。三人下了锚，收起帆。彭克罗夫将船系牢，免得被潮水卷走。他们带上武器，到达海岸，准备爬到最高的山顶上去观察整个小岛。

三人沿着一片草地的边缘往前走，到了山脚下。随后，他们登上山顶，向远处看去，没有看到任何人的迹象。

他们又来到停船的地方，决定先绕着小岛察看一遍，免得漏了什么地方。

一个小时后，他们来到岛的最南端。

随后，三个人沿着海岸重新往北，他们用了四个小时的时间，把全岛搜索了一遍，没见到有人生活过的痕迹。

他们被搞糊涂了。

三人回到船上，一边吃晚饭，一边猜测着各种可能性。晚饭后，五点左右，他们向森林走去。

森林里就不一样了。林中有开辟出来的小路，有砍伐过的树木，人类活动的痕迹到处都是。哈伯在沿途还发现了马铃薯、莴苣、酸模、胡萝卜、卷心菜等。他高兴极了，准备带点儿菜种回去播种。

突然，哈伯指着林间某处大声嚷道：“房子！”

三人立即向那个方向奔去。

门没关。

彭克罗夫推开门，一步跨了进去，一个人也没有！

彭克罗夫喊了几声，没有任何回应。他点燃了一根小树枝，小屋被照亮了。他们发现了一张床，两把水壶和一些餐具、衣服等。

“看来，这屋子已经好久没有人住了。”斯皮莱说。

三人在这屋子里睡了一觉。

天一亮，彭克罗夫不放心他的“乘风破浪号”，担心万一岛上真的有人，将他的小船抢去，那就糟糕了。

于是三人开始往回走，走了有二十来分钟。大家上船吃了饭，又下船仔细地搜索，仍然没有什么收获。这个遇难者有可能已经死亡，被野兽吃掉了。

三人决定停止搜索工作。

为了不空手而回，哈伯穿过小路，向菜地的方向走去，而彭克罗夫和斯皮莱则向森林出发。

突然间，哈伯发出喊声，斯皮莱和彭克罗夫快速跑过去，只见哈伯被一个野人一般的动物摁在地上，情况十分危险。

两人冲了上去，把那动物掀翻在地，救出了哈伯。

然后，他们把那只动物紧紧地捆绑住，使其动弹不得。这只动物头发蓬乱，胡子拉碴，全身裸露，只在腰间围着一块遮羞破布。他眼睛露出凶光，大手上指甲老长，肤色棕红。但很明显他是人类！

“他可能就是那个遇难者吧？”哈伯说。

“有可能，但这个落难之人已经完全丧失了人性。”斯皮莱说。

看来，只好先把他带回船上再说了。

俘虏由彭克罗夫看着。哈伯和斯皮莱继续去完成中断了的事情。几个小时后，他俩返回，还带来一些器皿、武器、蔬菜种子、野味等。东西全部装上了船，只等第二天一早，海水涨潮，就可以出发回家了。

俘虏在前舱安安静静、一声不响，像是个聋哑人一样。

“乘风破浪号”开始返航，但是船处于逆风状态，海上波涛汹涌，航行十分困难。

深夜两点，彭克罗夫看到了东北方的一点火光。那火一定是史密斯点燃来为他们指引方向的，彭克罗夫立即修正航向，迅速朝着火光驶去。

10月20日早晨七点，“乘风破浪号”在离开林肯岛七天后，回来了。它缓缓地向慈悲河河口的沙滩靠近。

“感谢上帝，终于回来了。”史密斯说，一颗悬着的心总算放了下来。

十五、孤独的陌生人

船终于靠了岸。

史密斯老远就数着小船甲板上看得见的人，只看见甲板上的三个同伴，他猜彭克罗夫大概没找到塔波岛的遇难者。

上岸后，彭克罗夫把在塔波岛上搜索的情况、那个废弃的木屋以及带回的这个人的详细情况向史密斯和纳布讲了。

塔波岛上的“野人”从前舱走了出来。他的脚刚一踏上陆地，立即就想逃跑。

史密斯立刻向他走过去，一只手威严地按住了他的肩头，同时眼含温情，爱怜地看着他。他瞬间就变得温顺了，低下头，慢慢地安静下来。

大家决定给陌生人腾出一间房间来。

他们悉心照料他，也许有一天他会成为他们中的一员。

早饭后，岛上居民回到海滩，把船上装载的东西卸下来。彭克罗夫向史密斯提议把“乘风破浪号”停泊在气球港，那里更安全。史密斯同意了。

在花岗岩宫待了几天后，陌生人有了变化。他的野性逐渐退去，头脑恢复了理智。

一开始，习惯了在塔波岛自由生活的他，常常烦躁不安，大家担心他会从花岗岩宫的窗户逃出去。但后来他渐渐地平静了下来。史密斯趁他熟睡时，替他剪掉了一头乱糟糟的长发和胡须。他身上的那块遮羞布被扔掉了，换上了合身的衣裳。

10月27日，陌生人在花岗岩宫已经居住九天了。这一天，天气很好。史密斯决定带他出去走走。

陌生人被带到慈悲河河口，爬上左岸，到达眺望岗。

他兴奋地猛吸着清新的空气，然后长长地叹了口气。突然，他蹲了下去，神情十分沮丧，一大颗泪珠从眼睛里滚落下来。

“啊，”史密斯大声地说，“您流泪了！您又变成一个人了！”

陌生人确实流下了眼泪。

大家没有上前，反而往后退了退，让他一个人待一会儿。

两天以后，陌生人开始更多地参与大家的活动，但他还是不说话。

陌生人开始使用工具，在菜园子里帮忙干活了。但大家发现他干着干着就会突然停下来，站着发呆。

又过了几天，陌生人在高地干活时突然又流下了眼泪。史密斯走近他，轻轻地碰了下他的胳膊，喊道：“我的朋友！”

他终于忍不住哽咽地问史密斯：“你们到底是什么人？”

“同您一样，是遇难者。”

经过交谈，史密斯了解到，他是一个英国人，在那个岛上孤独地生活了十二年。他经常躁动不安，牙齿像高烧病人似的咯咯直响，嘴里不停地忏悔。

大家猜测他心里一定隐藏着一个秘密。

有一天，陌生人独自离开了。

12月3日，哈伯离开眺望岗，前去湖南岸钓鱼。

突然，他听到“救命呀，救命”的呼叫声。彭克罗夫和纳布立刻朝湖边冲去。

但令人意外的是，陌生人不知从哪里出现了，抢在他俩前面冲向了对岸。

他们看到哈伯被一只美洲豹逼到一棵大树前。陌生人冲了过去，挡在哈伯前面，一只手快速伸出，掐住豹子的喉咙，另一只手紧握尖刀，“嗖”的一下刺进豹子的胸口。美洲豹立即倒地死去。

陌生人正准备离开，大家已经赶了过来。

史密斯走上前去对他说：“我的朋友，您冒险救了哈伯一命，我们十分感谢您。”

“小事情！再说，我的命并不值钱。你们都是好人，我不配与你们在一起，我……”

陌生人的话证实了大家的猜测。他心里确实隐藏着一段痛苦的回忆。

有好几天，陌生人还像以前那样和大家共同生活，与大家一起劳动。但他时常独自一人待在一边，埋着头不说话，只顾干活儿。

一个星期之后，12月10日，史密斯看到陌生人朝他走过来。

“先生，我想向您提一个请求。”陌生人终于开口说话了。

“您说，不过，我想先向您提个问题。”

陌生人一听，满脸通红，打算离开。史密斯一看便明白，他是怕他问到自己的过去。

史密斯拉住他。“我的朋友，”史密斯说，“我真诚地告诉您，我们不仅是您的伙伴，也是您的朋友。”

陌生人双手颤抖，终于，他开口说：“你们在山脚下建了一个养家畜的围栏，那儿的牲畜需要有人照顾，您可不可以让我住在那儿呢？”

“朋友，”史密斯说，“畜栏里只能凑合着让牲口住……”

“这对我来说，就相当不错了，先生。”

史密斯随即将这件事告诉了同伴们，大家立即决定在畜栏那边再建一座木屋，尽可能地把屋内布置得舒适些。

一个星期后，大家搭好了一座新木屋。

大家为陌生人打造了一些家具，还搬了一些武器、弹药和工具过去。

12月20日，史密斯把新房子做好的消息告诉了陌生人。陌生人感激地回答，他晚上就搬过去。

晚上八点，陌生人走了进来，说：“先生们，现在，我有必要把自己的情况讲给你们听，然后，我就住到新家去了。”

原来，陌生人叫艾尔通，是原格兰特船长的水手长，因与船长发生矛盾，变成了海盗。之后，他被“邓肯号”的船长格里那凡爵士打败，并被丢在那个荒岛上。打败他的那个人希望他好好改过自新。

“艾尔通，”史密斯说，“你曾经犯下了巨大的错误，现在已经付出了惨重的代价，你已经得到原谅了。您现在愿意成为我们的伙伴吗？”

“史密斯先生，请再给我点儿时间吧，再让我独自一人在畜栏那儿住上一段时间吧。”

艾尔通正准备离去，史密斯又向他提了一个问题：“艾尔通，您既然希望过孤独的生活，那又为何要往海里扔漂流瓶呢？”

“我没有往海里扔过漂流瓶呀！”

“没有扔过？”彭克罗夫忍不住惊讶地问。

“是的。”艾尔通说完这句话后，便向大家深深地鞠了一躬，走了出去。

十六、屡遇怪事

这到底是怎么回事呢？彭克罗夫给弄糊涂了。

“史密斯先生，”彭克罗夫大叫，“如果瓶子不是艾尔通扔的，那又会是谁扔的呢？”

“会弄清楚的。”史密斯回答。

现在艾尔通住在畜栏那里，照看畜群。史密斯怕艾尔通一个人住在那儿太孤单，有事情也不方便互相传达，于是决定安装一台电报机。

制造现代电池需要用到锌、硝酸和钾碱。他们在海角拾到的那只箱子的外包皮衬底就是锌，岛上有丰富的矿产资源，找到硝酸和钾碱也不是问题。史密斯利用这些原材料制作出了巧妙而简便的电报仪器。

2月12日，安装工作全部完成。史密斯立即发了第一封电报到畜栏去，询问情况。不一会儿，艾尔通收到了电报，并发出平安无事的回电。

大家既高兴又兴奋。

斯皮莱和哈伯利用箱子里发现的相机，拍了不少岛上的风景。照片洗好之后，都挂在了花岗岩宫的墙上。

转眼间，3月26日到了。这几个遇难者在林肯岛安家已经两周年了。

他们决定趁天气好，驾上小船做一次环岛游行，摸清整个岛屿的情况。

史密斯把环岛游的计划告诉了艾尔通，建议他一起去。艾尔通不愿参加，想留在林肯岛上。

4月16日清晨，岛上居民和托普上了“乘风破浪号”。

第二天中午，“乘风破浪号”来到了瀑布河口。

南北两岸的风景完全不一样！一边是树木茂盛；另一边则都是山峰，一棵树都没有，好像是远古时期沸腾的玄武岩浆突然冷却凝固而成的。他们当初站在富兰克林山顶往远处看过去时，看不到海岸的另一面，现在从大海看过去，真的让人惊叹。

托普没有这样的心情，它狂叫不止。

史密斯怀疑那边是不是有什么洞穴，但他什么也没发现。

不一会儿，托普不再叫了，船继续行驶。

当天晚上，小船在北面靠近海岸的一个小海湾停了下来。

早上八点钟，小船起航了，向北颚骨角驶去。

“史密斯先生，到颚骨角还有多远？”彭克罗夫问。

“大约二十七公里。”

“两个半小时可到，大约是中午一点钟，”彭克罗夫说，“不过，正赶上退潮。我担心既不顺风又不顺水，那就麻烦了。”

“是呀，但这一次没有好心的史密斯为我们点火，引我们入港了！”哈伯说。

“哪堆火？”史密斯疑惑地问道。

“史密斯先生，就是我上次去塔波岛返回林肯岛最后的那

几个小时呀。”彭克罗夫说，“要不是您去年10月20日夜晚，在花岗岩宫的高地上点起一堆火指引我们，我们的小船不知会驶到哪儿去了。”

史密斯十分惊讶，因为他根本就没有点燃过火堆。

正当大家疑惑的时候，天气逐渐糟糕起来。彭克罗夫说得没错，风力在逐渐地加大。

这天夜晚，“乘风破浪号”没有在海湾入口处的周围和陌生的海岸上看见有什么火光可以导航，只好停泊在海上。

第二天早上，风力弱下来，彭克罗夫把小船驶进狭窄的湾口。他们想找一处地方停靠，但怎么也找不到，彭克罗夫只好将船又驶了出来。就这样，他们一路驶回了慈悲河。

4月25日，史密斯召集大家聚在一起，把岛上的种种怪事一一列举出来：他掉进大海后，又在海滩边被大家找到，自己却浑然不知；托普跟儒艮搏斗时，被奇怪地抛出湖面，而儒艮被刀子割伤；小猪身上出现子弹；发现了漂流瓶以及那个完好无损的箱子；猴群入侵时，绳梯及时地就从花岗岩宫上面被放了下来；海滩上有火光指引彭克罗夫返航……

大家都说不出所以然来，史密斯叮嘱大家多留点儿心，注意安全。

5月即将来临，天气越来越恶劣。看来，冬季将提前到来，而且今年的气候将十分寒冷。因此，大家开始加紧做过冬的准备。

史密斯建议艾尔通搬到花岗岩宫中来住，这儿比畜栏那边暖和得多。艾尔通同意了。

林肯岛的居民们，要开始度过他们的第三个冬天了。

这个冬天，小岛经历了几次狂风暴雨，给磨坊和家禽饲养场受到了很大的破坏，居民们不得不经常前去抢修补救。

但这个冬天没再出现过什么怪异的事情，托普和于普也没再在井边转悠、乱叫。

10月份，美好季节即将开始，树木又有了新绿。

10月17日下午两三点钟，天空非常美丽，哈伯想拍一张眺望岗对面的全景照片。

照相机就架在花岗岩宫大厅的一个窗台上。哈伯拍照后，发现照片上有一个小黑点，他立刻拿给史密斯看。

史密斯看了这个小黑点后，立即抓起望远镜冲到窗口。

他举起望远镜缓缓地向海平线看去，最后停在那个小黑点上，然后放下望远镜，只说了一个字："船！"

从林肯岛上终于看到了一条船！

十七、海盗来袭

得知这个消息后，大伙儿都聚集在花岗岩宫的大厅。

彭克罗夫抓过望远镜，看着那个小黑点。

“嗨，还真的是一条船！”彭克罗夫大声说。

“会不会是‘邓肯号’？”哈伯突然问。

这个问题提得很有道理。艾尔通说过，只要他彻底改过时，格里那凡爵士会派船来接他。

“赶快让艾尔通到这儿来。”斯皮莱说。

一个小时以后，艾尔通赶到了花岗岩宫前。他拿过望远镜，仔细观察着那艘船，但这艘船离他们太远了。

天快黑时，那艘船改变了方向，向林肯岛驶来。

艾尔通举起望远镜观察：“那不是‘邓肯号’，绝对不是……”

彭克罗夫随即拿起望远镜，又仔细地看看。他看到船上飘着一面旗帜，但看不清旗帜的颜色。正在这时，一阵微风吹过，那面旗帜突然被吹展开来。

艾尔通一把抓过望远镜，一看立即惊叫：“黑旗！”

这是一条海盗船！

“朋友们，”史密斯说，“我们必须隐蔽起来。艾尔通和纳布先去眺望岗，把风车风翼拆下来，太显眼了。窗户也统统用树枝伪装好。不能生火。不能让人看出岛上有人居住！”

大家立刻按史密斯的吩咐去办。与此同时，武器弹药也都安置好了。

天完全黑了，那船上的灯光也被遮挡了起来，看不清它的具体位置。正在这时，海面上突然闪过一道强光，接着传来一声炮响，船上有大炮！

这时，大家听到了船停泊的声音。这船在花岗岩宫前面的那片海域停了下来。

艾尔通请求潜到海盗船上观察一下，史密斯同意了，让彭克罗夫陪着艾尔通前去。

两人奋力游了半个小时，终于潜到海盗船边，偷偷地爬上了船。他俩发现这伙海盗有五十来人，船上装备着四门大炮，这艘大船名叫“飞快号”。

两人赶快回去向大家报告。

这一夜倒是平安度过了。天刚亮，海面上还有一层薄雾。

“朋友们，”史密斯对大伙儿说，“我们必须趁大雾还没有散尽，做好应急准备。我们要布置好每个人坚守的位置。敌人万一登陆，就朝他们开枪。”

史密斯和哈伯埋伏在“壁炉”，斯皮莱和纳布隐蔽在慈悲河河口的乱石丛中，艾尔通和彭克罗夫坐小船渡过海峡，在小岛上各自坚守一个阵地。这样一来，子弹就从四个不同的方位射击，让敌人产生错觉，以为岛上居民很多，不敢轻易上岸。

显然敌人也是特别小心，海盗船一直没有任何准备进攻或登陆的迹象。

早上八点过后，海盗船放了一艘小船下来，七个海盗跳上小船，都背着步枪。他们是来探路的。

这时响起两枪，是艾尔通和彭克罗夫同时发射的，两名海盗被击中。

与此同时，敌船发出“轰”的一声巨响，一发炮弹落在彭克罗夫和艾尔通藏身的岩石顶上，碎石飞溅。幸运的是，二人没有受伤。

海盗的小船此刻已经离慈悲河河口越来越近了。他们拼命划桨，顶住涨潮的海水。他们不知道的是，他们已经进入慈悲河河口阵地的射击圈，斯皮莱和纳布又开枪击倒了两名海盗。

敌人见状，又朝这个方向开了一炮，不过只打碎了几块岩石。

小船上现在只剩下三个人，他们就要进入史密斯和哈伯的射程了。他们没有再往前划，而是绕过小岛北端，返回“飞快号”去了。

十八、神秘人伸出援手

有四个敌人倒下，幸运的是，岛上居民们没有受伤。

海盗大船上又放下来两只小船，各坐着十来名海盗。第一只小船直扑小岛，第二只小船准备强闯慈悲河河口。

彭克罗夫和艾尔通发现情况十分不利，应该返回主岛上去。他俩刚与史密斯、哈伯会合，第一只小船便占领了小岛，开始搜索。

这时，斯皮莱和纳布击中了第二只小船中的两个海盗。

大家一起研究了敌情，现在小岛上十二个海盗，另有六名海盗上了主岛，吊桥已拉起来，他们过不了河。

不一会儿，敌船开始向小岛驶来。

占领小岛的海盗没想到对方拥有远射程的马枪，他们大模大样地搜查着小岛。

突然，艾尔通和斯皮莱举起马枪，一枪一个，两个海盗死了。其他海盗立刻逃上小船，拼命地向大船划去。

这时候，纳布和斯皮莱回到史密斯等人这边来了。

彭克罗夫说：“再过十分钟，海盗船就到达花岗岩宫前面了！”

史密斯说：“我们得赶快躲进花岗岩宫去。现在走还来得及，敌人发现不了我们。”

他们飞快地上了升降梯，到了花岗岩宫门口，冲进大厅。

他们透过掩护的树枝看见，敌船已经驶入海峡。四门大炮在朝着已经无人把守的慈悲河阵地和“壁炉”轰击。

这时候，突然一发炮弹打在花岗岩走廊上面，接着又一发炮弹打来，洞口暴露了！

众人只好躲到上层走廊里，任凭敌人扫射自己宝贵的住所。

正在此时，突然传来一声巨响，接着便是一阵哀叫。

大家立即冲到窗边，只见敌船被冲天水柱掀起，一裂两半，随后沉入海底。

“海盗船被炸飞了。”哈伯欢呼。

史密斯带着斯皮莱和艾尔通走到海滩，与彭克罗夫、纳布、哈伯会合。

“飞快号”很快不见了踪影。船上的一些物品在水面上漂浮着，水面上还漂着几具尸体。

在接下来两个小时，居民们忙着打捞沉船上的东西。这对他们来说，可是一笔巨大的财富。

海水在退潮，沉船渐渐露出水面。它确实是被海底的一股巨大而可怕的力量给掀翻的。

船头龙骨两侧，离船柱两米处，船体被撕裂出几道大口子，足有六米长。船底和船身包裹的铜皮已经没有了，肋材、铁销、木钉也找不到了。

“这就怪了，”斯皮莱说，“如果是爆炸导致的，怎么甲板和水上部分没被炸掉，反而船底给炸坏了？这些大口子也不像是爆炸形成的，像是被礁石撞裂开来的。”

他们又向船尾走去，在弹药库发现了大量子弹和二十多桶火药。大家小心地将火药桶搬了出来。

大家紧张地检查了几个小时。这时海水又开始上涨了，他们只好暂时回去。岛上还留有海盗船上的六个海盗，必须小心他们偷袭。

接下来的三天，大家都在忙着抢救沉船上有用的物品。

10月30日，纳布在海滩上散步时，捡到一个破碎的厚铁筒，上面有爆炸的痕迹。他把铁筒交给了史密斯。

史密斯仔细观察了之后，对大家说道："朋友们，你们记得吗，船沉没之前，曾被巨大的水柱抛得老高？"

"是呀，没错。"众人回答。

"那么，我告诉你们吧，水柱就是它造成的。"史密斯指着破铁筒说。

"是它？"彭克罗夫困惑地说。

"没错，就是它！这是水雷的残留物！"

"水雷！"众人惊呼道。

"谁布下的水雷呢？"彭克罗夫问道。

"我也不知道！"

十九、哈伯中枪

“可以肯定，”史密斯说，“林肯岛上有一位神秘人。他经常帮助我们，我们欠了他很多。希望有朝一日我们能够见到他，回报他。”

大家都同意史密斯的说法，决定尽快找到这位神秘人。

居民们开始对林肯岛进行全面搜索，一方面是要寻找神秘的恩人，另一方面是要找到之前到达岛上的六个海盗。

这次搜索需要持续很久，居民们准备得很充足。可惜拉车的野驴受伤了，大家决定先休息几天，11月20日再出发。

11月10日当晚，大家往畜栏发了一份电报，让艾尔通带两只羊回来。可是电报发过去后没有得到回应。大家又发了一封电报，还是没有人回复。

怎么回事？但现在天已经很晚了，不能出去察看，只能等到明天再说。

11月11日，天刚一亮，史密斯立刻又发了一封电报，还是没有回应。

“走！马上去畜栏！”史密斯说。

早晨六点，史密斯、斯皮莱、哈伯和彭克罗夫便出发了。纳布留守家里。

几个人大步地向前走。哈伯突然停下，喊道：“电线断了！”

大家聚过来观看，发现电线是被人剪断的。

“快！快去畜栏！”彭克罗夫喊道。

大家跑了起来。不一会儿，大家终于透过树丛，看见畜栏。

史密斯拔去门闩，正要冲进门去，托普突然狂叫起来。栅栏上方传来一声枪响，随即传来一声惨叫。

一颗子弹击中哈伯，少年倒在了地上。

听见哈伯的惨叫，彭克罗夫立即扔下枪，向他奔过去。

史密斯和斯皮莱也立刻围到哈伯身边。

“他还活着，快把他抬到……”

“抬到花岗岩宫？”史密斯打断了斯皮莱的话，“那不可能呀！”

“那就抬到畜栏去！”彭克罗夫着急地说。

“等一下。”史密斯拦住了他们。他快速绕过左边栅栏，发现一个海盗藏在那儿。这家伙举枪便射，子弹打中史密斯头上的帽子。史密斯没等对方开第二枪，便猛地一刀刺去，海盗倒在地上。

此时，斯皮莱和彭克罗夫已经冲进空无一人的屋子。哈伯很快就被抬了进来，放在艾尔通的床上。

哈伯一动不动地躺在那里。斯皮莱懂一点点医术，以前也曾替人治过刀伤、枪伤，他开始对哈伯进行急救。

哈伯脸色惨白，情况十分危急。幸运的是，子弹穿过了哈伯的身体，没有留在哈伯体内。

大家仔细为哈伯清理伤口。第二天，哈伯终于苏醒过来。

史密斯和斯皮莱认为需要把这里的情况告诉纳布，让他小心防备，以免被其他的敌人袭击。

史密斯叫来托普，斯皮莱写了一张字条：

“哈伯受伤。我们在畜栏。你要十分小心，别离开花岗岩宫。附近有海盗出现吗？赶快让托普将回信带来。”

斯皮莱写好字条，将它系在狗脖子上，让它快去找纳布。

一个小时以后，托普回来了，脖子上系着一张字条，上面是纳布写的大字：

“花岗岩宫附近没有看见海盗。我会留在这里的。祝哈伯早点好起来。”

哈伯还十分虚弱，不能走动，艾尔通也不知去向，森林里还藏着五个海盗，情况十分危险。史密斯决定在畜栏这里住下来，等哈伯好了后再回花岗岩宫。

十天之后，哈伯的身体有了明显好转。大家焦急地等待着哈伯身体可以活动的时候，用担架把他抬回花岗岩宫去，畜栏毕竟没有花岗岩宫安全。

11月29日，上午七点，三人正在哈伯病床前聊天，突然，托普一阵狂叫。

三人立即拿起装满子弹的枪，冲向屋外。托普跑到栅栏前，又跳又叫，不像是惊恐，而像是十分高兴。

是谁？突然，一个影子一闪，跃过栅栏，跳进畜栏里来。

是于普！托普立即冲上去迎接它。

于普脖子上系着一只小口袋，内有一张纲布写的字条。

“星期五早晨七时，海盗占领高地。纳布。”

“史密斯先生，”哈伯急切地说，“立刻就走。我挺得住的！”

斯皮莱走到哈伯身边，仔细地看了看他的气色：“可以，咱们走！”

大家在七点三十分抬着哈伯离开畜栏。一小时过去了，已经走了六公里，只剩一公里多了。一路上没有遇上什么麻烦，再往前走一会儿，就能看到花岗岩宫了。

这时，一股浓烟从家禽饲养场冒出来，浓烟中可以看到一个人在奔跑——是纳布！

大家立即呼唤他，他听到后，迅速向大家跑过来。

海盗们大约在半小时前撤离了。

“哈伯怎么样了？”纳布问。斯皮莱走近一看，哈伯已经晕了过去。

大家一心想着哈伯的伤势，也顾不上海盗们对高地的破坏以及对花岗岩宫的威胁了。

在小河转弯处，大家砍下树枝做了一副担架，把昏迷中的哈伯连同睡垫一起抬着。十分钟后，到了悬崖脚下，纳布赶回眺望岗。很快，哈伯上了升降机，回到花岗岩宫。

经过大家的仔细照顾，幸运的哈伯醒了过来。

斯皮莱和彭克罗夫留下来照顾哈伯，史密斯则让纳布带他去查看高地受损的情况。

二人来到高地，眼前乱七八糟。田地、磨坊、饲养场、菜园全被毁了。史密斯脸色发白，一句话也没有说，转身回了花岗岩宫。

二十、寻找神秘人

接下来的几天，哈伯的身体越来越差，但大家只有一些清凉解毒的汤药。

12月6日，哈伯开始发烧。高烧持续了五个钟头。“要退烧，就得有退烧药……”斯皮莱喃喃地说。

没有药物，哈伯可能真的要不行了。

凌晨三点左右，哈伯突然发出一声尖叫。他全身抽搐、不受控制。

清晨五点，天亮了，亮光照在床头的小桌子上。

突然间，彭克罗夫惊呼一声，指着桌上的一件东西说不出话来……

那是一只长方形的小盒子，盒子上有几个醒目的大字：“退烧药”。

斯皮莱一把抓过那只小盒，急忙打开来，盒内装有一千多毫克的白色粉末。他用舌头舔了一点儿尝尝，味道极苦。没错，这就是经过提炼的奎宁粉末，是退烧的特效药。

斯皮莱立刻给哈伯灌了药。

第二天，哈伯有了明显的好转。十天之后，12月20日，哈伯真的开始康复了。大家十分兴奋。在这段时间，海盗也没有再出现。

转眼到了2月，哈伯已经能够去海里游泳了。史密斯放心了，决定在2月15日出发去搜索全岛，一方面消灭海盗，找到艾尔通；另一方面，他们想找到神秘人，对他表达感谢。

一行人绕过慈悲河河口拐弯处，沿着河左岸逆流而上。大家穿过森林到了半岛顶端，没发现海盗们的巢穴，也没发现神秘人的踪迹。

2月19日，大家离开海岸，准备去畜栏看看。

晚上八点左右，斯皮莱与彭克罗夫悄悄向畜栏走去。

“有亮光！”

两人立刻叫来史密斯几个人。史密斯对同伴们说：“朋友们，我们冲进去，趁他们还没有做好准备！”

众人立刻冲进屋里。只见桌上有一盏灯，桌边就是艾尔通先前睡觉的床，床上躺着一个人。

“艾尔通！”大家都特别惊讶。

艾尔通听见有人喊他，睁开眼睛：“是你们呀！是你们呀！这是什么地方呀？”

“是畜栏内的屋子！”

“就我们？”

“对呀！”

“他们马上就会回来的！快准备战斗！快准备战斗！”

他说完便十分疲惫地昏睡过去了。

正在这时，托普狂叫着朝屋子右边的畜栏冲去。

“朋友们，进入战斗！”史密斯大喊。

众人拉动枪栓，跟在托普和于普后面，冲到大树环绕的小溪旁。

只见月光下，溪边岸上横躺着五具尸体！是四个月前闯入林肯岛的海盗们的尸体！

这到底是怎么回事?

第二天，昏迷的艾尔通醒了过来，向大家讲述了他的遭遇。11月10日那天，海盗袭击了他，将他带到了一个黑漆漆的山洞。海盗们想拉拢他，借助他的力量拿下花岗岩宫。但他不愿意出卖朋友，海盗们便把他关在洞中百般折磨。之后他便迷迷糊糊的，记不起这两天的事情，更不知道自己是怎么回到畜栏的。

“是那位神秘人！”史密斯说道，“他总是在我们处于危险的时候保护我们，然后悄悄地离开。”

“那我们一定得找到他！”彭克罗夫说。

“是呀。”史密斯说，“不过，也只有他愿意见我们，我们才有可能见到他。”

在发生了那么多事情的一个月后，3月26日，大家在一起纪念来岛三周年。

三年来，他们心中一直没有忘记自己的家乡，时刻想要回去。他们想要造一艘大船，“乘风破浪号”已经被海盗们破坏了，造一条新船起码得半年。

冬天到来之前，大家一直在努力造船。

6月、7月、8月，冬季的三个月就这么熬过去了。

9月7日，史密斯正在观察富兰克林山山峰，突然发现空中有一缕轻烟飘起来。是从火山口喷出的一股蒸气！

史密斯立即叫众人来看。

大家一致认为是火山在活动，很可能会爆发。不过，现在看来，花岗岩宫并不会受到威胁。从这一天开始，火山口上总是被一大团蒸气笼罩着，但没有见到火焰喷出，说明只是火山中央底部在沸腾。

天气倒一直不错，大家重新开始干了起来，加快了造船的速度。

二十一、原来是尼莫船长

10月15日晚，彭克罗夫正准备上床休息，突然，大厅内电报铃声响起。畜栏里并没有人呀！怎么会有电报？

史密斯立刻向畜栏发去电报："请问您有什么要求？"

不一会儿，对方发来回电："速到畜栏。"

天呀！谜底即将揭开。大家兴奋极了，把托普和于普留下，立即冲出花岗岩宫，越过海滩，来到了畜栏。畜栏的屋子没有一丝亮光。

大家推开门进去。纳布划了一根火柴照亮屋子的角落。

"啊，这儿有张字条！"哈伯指着桌上的一张纸说。

史密斯拿起一看，只见字条上写着："沿着新的电报线走。"写的是英文。

大家立刻走出畜栏，沿着新的电报线一直走，最后，电报线拐弯了，通往海滩的岩石上。一行人已经到了玄武岩石壁的尽头。

史密斯顺手一摸，发现电报线通往海里。史密斯在水面上发现一个巨大的洞口："再过一小时，就有路可走了。"

一个小时过去，海水退了下去。洞口露了出来。洞口还有一只小船。

大家上了船。小船划了约半小时，大家看到巨大的山洞

被一道耀眼的光亮照得如同白昼。

洞顶非常高，有许多石柱支撑着，光源照耀着石壁的每一条棱边，小船慢慢地向光源靠过去。光源背后有一堵巨大的石壁墙，海水在这里形成了一个小湖泊。湖泊中央漂浮着一个长长的梭状物，像一条鲸鱼。

史密斯坐在船头，激动地看着它，突然抓住斯皮莱的手臂摇晃着喊："是他！没错，绝对是他……"

小船从这庞然大物的左边靠上去。史密斯带领大家登上了庞然大物顶部的平台，径直进入了一个敞开的入口。

他们打开一扇门，进入一个大厅。这里简直就像一个大博物馆，陈列着各式各样珍贵的矿物标本、艺术品以及奇妙的工业制品。

大家看见一张华丽的长沙发上躺着一个人。这个人好像并没有发现他们走进来。

史密斯走上前去："尼莫船长，我们听您的吩咐，现在来了。"

史密斯的话令同伴们十分惊讶。

尼莫船长在沙发上坐好，手撑着身子，看着坐在他身边的史密斯说："您知道我过去使用的名字，先生？"

"我听说过您的大名，也听说过您神奇潜艇的名字……"史密斯说。

"'鹦鹉螺号'。"

"是的，'鹦鹉螺号'。"

"我已经有三十年没有和人类世界有任何来往了。这三十年里，我一直生活在海洋深处。是谁把我的秘密泄露出去的？"

“是一位没向您做过任何承诺的人，尼莫船长，因此他并没有背叛您。”

“是那个十六年前偶然上了我的船的法国人？”

“正是。”

“这么说，‘鹦鹉螺号’卷进大漩涡后，他与他的两个同伴幸运地活下来了？”

“是的，他们都逃过了那一场劫难，那个法国人后来写了一本书，名为《海底两万里》，讲述您的故事。”

“那只是我在那几个月中的一段经历而已，先生！”尼莫船长激动地说。

史密斯激动地向尼莫船长多次施以援手的行为表示感谢。

尼莫船长简明地把自己的一生讲述了一遍。

尼莫船长本来是印度的达卡王子，同时还是一位艺术家，一位精通各门学科的学者和一位政治家。

他年轻的时候，英国侵略了他的国家。于是，他领导印度士兵进行反抗。经过多次战斗，他的父母和妻儿都被敌人杀害了。从那以后，他对人类世界充满了仇恨，决心离开，永不回来。

他在太平洋的一座孤岛上建了一个造船厂，自己设计制造了一艘十分先进的潜艇，潜入水下，与人们再无联系。

一次偶然的机会，他碰巧看到史密斯等人的气球坠入海中。他立刻穿上潜水服，把史密斯捞起，救了史密斯的性命；在大箱子里装满各种必需品；把花岗岩宫的绳梯从上面扔下来；把字条塞进漂流瓶；送退烧药给哈伯……这所有的一切都是尼莫船长做的。尼莫船长就是那个神秘人。

大家看着眼前的这个救命恩人，心里充满了感激，但大家也无法改变尼莫船长极度虚弱的模样。

哈伯走到船长面前，跪了下去，握住船长的手，亲吻着。

“我的孩子，”尼莫船长喃喃道，“愿上帝保佑你……”

大家希望医治尼莫船长，但他拒绝了，他已经做好了迎接死亡的准备。尼莫船长给岛上居民们留下了一只箱子，里面装有钻石、珍珠。他希望居民们将来可以用它们来做许多善事。

深夜一点钟，尼莫船长原本炯炯而犀利的眼中闪现着死亡的微光。

最终，他慢慢地咽下了最后一口气。

史密斯弯下腰，为他合上双眼。大家都很伤心。

数小时后，史密斯等人带着尼莫船长留给他们的唯一的纪念品——那只装满财宝的箱子，离开了“鹦鹉螺号”。

大家依然可以透过海水看到“鹦鹉螺号”，它的强光把海水照得通明透亮。

片刻之后，作为尼莫船长坟墓的“鹦鹉螺号”，静静地躺在了海底。

二十二、逃出林肯岛

一行人沉默不语，忧伤地回到了花岗岩宫。大家心里都十分难过，他们知道，那位曾经的保护神，几次在危急时刻救了他们的人，已经不在了。

造船工作本来就是耗时的，现在为了保险起见，大家不得不加快造船速度。

1月3日早晨，哈伯登上眺望岗高地，突然发现火山顶上冒出一股巨大的浓烟。哈伯急忙跑回来叫上大家。

“啊，”彭克罗夫惊叫道，“这次冒出来的可不是水汽了！它在冒烟！”

“朋友们，”史密斯说道，“火山现在已不是处于沸腾状态，而是开始燃烧了，很快，火山便会爆发的。一分一秒都不能耽搁！”

他们赶紧返回工地，抓紧造船。

火山口喷出一串火花，光芒四射。无数条火蛇朝着四面八方蜿蜒而去。爆炸声连续不断地传来，噼噼啪啪地响着。

1月7日，火山口不停地涌出大量的烟雾，森林上空飘过大片大片的“乌云”。

地上满是粉尘，风一刮起，人就睁不开眼、张不开嘴。空气变得越来越稀薄了，他们走个百十步，便不得不停下来喘气。

大家争分夺秒地造船，但看样子仍然还要两个月的时间。林肯岛还能坚持这么长时间吗？

很快，3月3日了。

再有十来天，船就能下水了。

大家心中又燃起了希望。

3月的第一个星期，富兰克林山又在发威了。

无数条细细的岩浆从火山口溢出，流遍整个山坡。

这一次，岩浆沿着格兰特湖西南岸，侵入眺望岗高地。磨坊、家禽饲养场全都被毁了。家禽、牲畜惊恐万状。托普和于普也惶恐不安。

岛上居民不得不登上新船。尽管它尚未完工，但也只好将它推入水中。

他们准备在第二天就开出去。

可是，3月8日夜晚，突然有一股大得惊人的蒸气柱喷出火山口，冲往天空，高达九百多米，同时震耳欲聋的爆炸声不绝于耳。海水流入熊熊燃烧的深渊，化成蒸汽，发生爆炸，山石崩裂，四下散落。

几分钟后，林肯岛就不复存在，成了一片汪洋。只有一块岩石孤零零地露出水面。这是花岗岩宫留存下来的唯一证据。史密斯六人及托普被囚于这块狭窄的岩石上，企盼着生还的希望。岛上的其他生物全都被埋了，于普也没逃过这一劫。

现在，除了仅存的一点儿食物及岩石凹处积下的点滴雨水外，他们可以说是一无所有了。他们一直寄予厚望的大船也被砸得四分五裂。逃生的希望十分渺茫，只有等死了。

“如果有什么东西可以把我们载送到塔波岛上去就好了！”彭克罗夫说道。

他们尽可能地节省食物。大家都十分虚弱，众人躺在岩石上，奄奄一息，听天由命。

只有艾尔通的状况比其他人稍微好点，他不时地抬起头来望一望没有人迹和帆影的茫茫大海……

3月24日上午，艾尔通突然向远方的一个黑点挥手，然后站起身来，无力地挥动了几下……

是一条船！它像是开足马力，直奔礁石驶来。

“‘邓肯号’！”艾尔通喃喃地说了一句，便瘫倒下去，不省人事了。

等大家醒来的时候，他们已经在一条船上。

那的确是“邓肯号”。这艘船的船长是格兰特船长的儿子罗伯特·格兰特，他奉命来塔波岛，把已赎罪十二年的艾尔通接回去。

“罗伯特船长，”史密斯知道自己及同伴们已经获救，既惊喜又不解地问，“您在塔波岛没有找到艾尔通，怎么会想到朝这个孤岛而来呢？”

“史密斯先生，”罗伯特船长回答，“我们不仅是要寻找艾尔通，还要找你们。”

“到哪儿找我们呀？”史密斯问。

“到林肯岛呀！”小格兰特船长回答道。

“林肯岛？”斯皮莱、哈伯、彭克罗夫也都很吃惊。

“您怎么知道有林肯岛的？”史密斯问，“它在地图上并未标出来呀？”

“我看到你们留在岛上的信了。”

“信？什么信？”斯皮莱惊讶地问。

“就是这封信。”罗伯特边说边拿出一张纸来，上面写了林肯岛的经纬度，还注明：“艾尔通和五位美国人现在在岛上。”

史密斯接过字条，立即认出了那笔迹与畜栏里字条的笔迹一模一样，于是便脱口而出道：“是尼莫船长写的……朋友们，让我们一起感谢尼莫船长吧！”史密斯激动不已，颤抖着说。

大家听史密斯这么一说，都摘下帽子，向尼莫船长致敬。

这时，艾尔通走到史密斯身边问道：

“史密斯先生，箱子放在哪里？”

林肯岛沉没时，艾尔通冒着生命危险，把尼莫船长赠送他们的那只箱子抢救出来了。

半个月后，史密斯等人回到了自己的国家。

他们用尼莫船长留给他们的那箱财宝中的大部分，在艾奥瓦州购置了一大片土地。他们在这片土地上，依照林肯岛的地名，命名了慈悲河、富兰克林山、格兰特湖等。

他们谁都没有忘记林肯岛。

可是现在，那座美丽的孤岛已经不存在了，只是一块任由风吹浪打的花岗岩礁石，只是一个名为尼莫船长的神秘老人的坟墓罢了。

图书在版编目（CIP）数据

凡尔纳科幻作品一本读 /（法）儒勒 · 凡尔纳著；波点童趣编译 . — 南京：江苏凤凰文艺出版社，2024.6

ISBN 978-7-5594-8146-7

Ⅰ . ①凡… Ⅱ . ①儒… ②波… Ⅲ . ①幻想小说 – 小说集 – 法国 – 近代 Ⅳ . ① I565.44

中国国家版本馆 CIP 数据核字 (2024) 第 000050 号

凡尔纳科幻作品一本读

【法】儒勒 · 凡尔纳 著　波点童趣 编译

责任编辑　周颖若
特约编辑　杨晓乐
装帧设计　廖若凇　杨　龙
出版发行　江苏凤凰文艺出版社
　　　　　南京市中央路 165 号，邮编：210009
网　　址　http://www.jswenyi.com
印　　刷　北京世纪恒宇印刷有限公司
开　　本　710 毫米 ×1000 毫米　1/16
印　　张　21.5
字　　数　228 千字
版　　次　2024 年 6 月第 1 版
印　　次　2024 年 6 月第 1 次印刷
书　　号　ISBN 978-7-5594-8146-7
定　　价　59.00 元